講談社文庫

K 2

池袋署刑事課 神崎・黒木

横関 大

JN184581

講談社

目次

第一話　勲章　7
第二話　失態　55
第三話　幽霊　91
第四話　力走　133
第五話　遺言　175
第六話　祝儀　215
第七話　因縁　245
第八話　決別　284

K2　池袋署刑事課　神崎・黒木

第一話　勲章

「よう、神崎《かんざき》。今日も池袋《いけぶくろ》の治安を守ろうぜ」

神崎隆一《りゅういち》が書類から顔を上げると、ちょうど真向かいの席に同僚の黒木《くろき》が腰を下ろしたところだった。黒木は今日もダークグレーのスーツに身を包んでいる。派手なネクタイといい、イタリア製の革靴といい、とても刑事に見える風貌《ふうぼう》ではない。

「そろそろ慣れただろ、池袋の街にも」

黒木が訊いてきたので、神崎は答えた。

「まあな。お前がいろいろ連れ出してくれたお陰だよ」

神崎が池袋署刑事課強行犯係に配属されて六ヵ月あまりが経過していた。半年前、定期人事異動で池袋署に配属されると知ったとき、心の中に緊張が走った。池袋警察署は渋谷《しぶや》、新宿《しんじゅく》と並んで大規模分類に入る警察署だ。署員の数も多く、それは犯罪が多いことを意味している。

「書類仕事が溜まる一方だ。神崎、三千円払うから、半分もらってくれねえか？」

冗談とも本気ともつかぬ口調で黒木が言った。神崎は苦笑して答えた。

「ゼロを一個増やしてくれたら、考えてやってもいい」

「ちっ。言うようになったじゃねえか、神崎巡査長」

黒木とは警察学校で同じ釜の飯を食った同期に当たる。警察学校を卒業したあとも、ずっと連絡をとり合っていた腐れ縁だ。ただ、黒木は池袋署ですでに三年のキャリアを積んでいる。この池袋署では先輩だ。

「それにしても喧嘩《けんか》ばかりだな」黒木がコーヒーを飲みながら、ぼやくように言った。「もっと面白い事件はないのかよ。俺を唸《うな》らせるような面白い事件が」

酔っ払い同士の喧嘩などで振り回される毎日だった。黒木がぼやくのも無理はないが、それがこの池袋という街の特徴であることを、神崎はこの半年間で思い知らされていた。週末の夜など、席が温まる暇もない。

「喧嘩だって立派な事件だろ。事件に大きいも小さいもない」

「さすが優等生は言うことが違うな」

黒木は飄々《ひょうひょう》とした軽薄なタイプだが、それでいて鋭いところを感じさせる不思議な男だった。理詰めで捜査をおこなう神崎に対し、黒木は本能的な勘を優先させる。

ややスタンドプレー気味の捜査方法ではあったが、同じ係のベテラン刑事たちが黒木に一目置いているのを知ったとき、神崎は正直驚いたものだった。

「腹が減ったな。出前でも頼むか、神崎」

黒木はそう言って、蕎麦《そば》屋の出前のチラシを手にとった。そのとき目の前の電話が鳴り始めた。神崎は受話器に手を伸ばす。

「はい、こちら池袋署刑事課強行犯係です」

電話の向こうで、男の声が言った。

「ペットの猿が逃げたんですけど、ちょっと来てもらっていいですか？」

相手の言葉に戸惑いながらも、神崎は訊き返した。

「猿、ですか？」

「ええ、そうです。飼っていた猿が逃げてしまったんです」

悪戯《いたずら》電話ではなさそうだ。神崎は判断に迷った。師走《しわす》を迎え、池袋署はどの部署でも署員たちが慌ただしく駆けずり回っている。ペットが逃げたという事案であれば、生活安全課に話を振ってもいいが、どこか気が引けた。

「名前と住所、それから詳しい話を聞かせてください。どう対処するかは、そのうえで判断させていただきます」

男の声に耳を傾けながら、神崎はメモ用紙にボールペンを走らせた。ようやく住所を聞いて、その近辺の街並を思い浮かべることもできるようになりつつある。

「お話はわかりました。では今からご自宅に伺いますので、一応電話番号を教えてください」

相手の告げた電話番号をメモに記す。時刻は午前十一時を回ったところだった。現場を見て、そのまま外で昼飯でも食べてこよう。椅子の背もたれにかけてあるダウンジャケットを手にしたところで、黒木が顔を上げた。

「猿が逃げたなんて面白そうじゃねえか。俺も付き合ってやる。その代わり昼飯を奢《おご》れよ」

黒木はそう言いながら競馬新聞をデスクの上に放り投げた。二人で刑事課のフロアを出て、署から出た。耳に当たるビル風が冷たかった。

「それにしても寒くなったな。昼飯はラーメンで決まりだな。旨いラーメン屋を西口に見つけたんだよ。汚い店なんだけどな、鶏ガラスープが絶品なんだ」

黒木の講釈を聞き流しているうちに、通報のあった東池袋のマンションに到着した。一階はテナントのコンビニエンスストアが入っていて、二階から上がマンションになっていた。最上階に住む池田秀典《いけだひでのり》という男が通報してきた主だった。エレベーターで八階まで昇った。最上階は池田の部屋しかないらしい。インターホンを鳴らすと、しばらくして男が顔を覗かせた。

「池袋警察署の者です。捜査に伺いました」

薄く開いたドアの隙間から警察手帳を見せると、ドアチェーンが解除された。

「お待ちしてました。どうぞ奥にお上がりください」

「失礼します」

靴を脱ぎ、部屋の中に入った。リビングに案内され、黒い革製のソファに腰を下ろした。池田という男はスウェットの上下を身にまとっている。年齢は四十代後半で、手首には金色のチェーンと高級時計が見えた。部屋も広く、かなり羽振りがよさそうだ。

「電話でも伺いましたが、もう一度詳しい話を聞かせてください」

池田は煙草《たばこ》に火をつけてから、話し出した。

「今から一時間ほど前のことです。一昨日から旅行に行っていたものでマイケルは――ええとマイケルというのが飼っていた猿の名前なんですが、二日ほど知人に預けていたんです。さきほど知人の家にマイケルを引きとりに行きました」

自家用車に引きとってきた猿を乗せ、池田は帰宅した。地下の駐車場に入る前に路肩《ろかた》に車を停め、一階のコンビニエンスストアで買い物を済ませた。店を出て車に戻ると、後部座席に乗せた猿が消え失せていたという。

「車のロックは外したままでした。ケージには入れず、首のリードをハンドルに繋いでいました。すぐ戻るつもりでしたし、まさかマイケルが逃げてしまうなんて思ってもいませんでしたから」

「地下の駐車場は目と鼻の先ですよね。先に駐車場に車を入れなかったのはなぜですか？」

神崎が訊くと、池田は鼻の頭をかいた。

「地下駐車場からエレベーターに乗った方が早いんです。それだけの理由です。その横着《おうちゃく》が裏目に出てしまったわけなんですがね」

池田の話を聞いていて、気になることが一つあった。猿は逃げたのではなく、盗まれたということも考えられないか。しかし神崎はその可能性を口にしなかった。いきなりドアを開けた見ず知らずの人間に、むざむざ連れて行かれる猿が想像できなかったからだ。

「そのマイケル君の写真を拝見させてください」

池田は用意していたのか、テーブルの上の写真を一枚、神崎たちに見せた。

ピンク色のパンツをはかされた猿が写っていた。顔が赤いところから察するにニホンザルだろうか。猿なんて動物園でしか見たことがないし、それをペットで飼おうとすること自体、理解に苦しむ。神崎は率直に訊いた。

「参考までにお聞かせ願いたいのですが、なぜ猿を飼おうと思ったのですか？」

「最初は犬を飼いたいと思っていたんです。このマンション、防犯の点で不安がありましてね。引っ越しを考えたこともありますが、まあ住み慣れたマンションだし、今の家賃で最上階を一人占めできる物件はそうそう見つかりませんので」

たしかにマンションに入ってくる際、神崎も気になった。このあたりでオートロックやカメラ付きインターホンがないマンションも珍しい。

「前日の売り上げを銀行が開くまで自宅の金庫で保管するものですから、番犬を飼おうと思っていたところ、知人から猿を勧められたんです。海外に引っ越す関係で猿の引きとり先を探していたようでね、私が譲り受けることにしたんです。番犬ならぬ番猿ですね。飼い始めたのが一年前のことで、玄関に繋いでおくだけで客が来ると騒ぐんですよ。根が臆病だから、人に危害を加えることもありませんし、思った以上の効果でした」

まったく金持ちの考えることはわからない。神崎が写真の猿を眺めていると、ずっと黙っていた黒木が口を開いた。

「ホストクラブってやつは儲かるんですねえ」

黒木は大型の液晶テレビの脇に飾られた写真に目を向けていた。大判の写真で、ホスト風の男たちが池田をとり囲んでいた。皆がシャンパングラスを手にしている。

「お陰様で。新宿に二店舗、店を出しているんですよ。まあ何とかやっていけています」

池田から名刺を渡された。ホストクラブの経営者らしい。

猿が逃げたときの詳しい状況などを確認してから、神崎は立ち上がった。玄関先で池田に向かって言った。

「遺失届《いしつとどけ》を出してもらうことになります。近日中に池袋署までご足労ください。私が担当いたしますので」

「今日中に伺います。まったくすみません、師走の忙しい時期なのに」

「とんでもないです。これが仕事ですから」

池田に見送られ、部屋から出た。エレベーターに乗ったところで黒木が言った。

「じゃあ神崎、猿を捜すとするか」

神崎はその言葉を無視した。黒木が本気でないことを感じとったからだ。いくら警察といっても逃げた猿を本気で捜している暇などない。遺失届を出してもらい、それで終わりだ。マイケルとかいう猿が池田のもとに戻るか否かは、可哀想だが運次第となる。

エレベーターが一階に到着した。廊下を歩きながら、黒木が言った。

「風が吹けば桶屋《おけや》が儲かるってことわざ、知ってるよな？」

質問の意図が摑《つか》めず、神崎は曖昧《あいまい》に答えた。「まあな。それがどうかしたか？」

「猿が逃げれば、何が起きるんだろうな。それが俺は楽しみだよ。あっ、そうそう。ちょっと予定が入っちまったんで、ここで失敬するよ」

そう言って黒木は意味ありげな笑みを浮かべてから、マフラーの中に顔を埋《うず》め去って行った。

携帯電話の着信音で、諸星博《もろぼしひろし》は我に返った。いつの間にか眠ってしまったらしい。店番をしながら眠ったところで、諸星を咎《とが》める者などいない。午後二時に開店してから二時間が経過しようとしていたが、まだ店に入ってきた客はゼロだ。

携帯電話の画面には見知らぬ番号が表示されていた。諸星は着信を無視することに決め、読みかけのマンガ雑誌に目を落とした。

西池袋の雑居ビルに入ったアダルトショップで、諸星は店番をしていた。午後二時から深夜零時までが諸星の担当で、深夜零時から早朝までは代わりの店番がやって来る。ヤバいＤＶＤもとり扱っていて、通販もしているらしい。時給は千二百円だ。

諸星がここで働くようになってから、早いもので三年が過ぎていた。知り合いの知り合いに紹介され、面接を受けたのがきっかけだった。怪しい仕事だと言われていたので、履歴書も適当な嘘を織り交ぜて書いたのだが、結果は採用されてしまった。

経営者は近くに事務所を置く暴力団の下部組織の男で、たまに顔を出しては売り上げと新作のアダルトＤＶＤを持ち去っていく。来年で三十歳になるのでもっとまともな職業に就《つ》きたいと思ってはいるが、日々の生活に流されるうちに月日がたってしまっていた。

諸星は店内を眺めた。女の裸のオンパレードだ。最初のうちはそわそわしたものだが、今ではすっかり慣れてしまっている。そのとき、再び携帯電話が鳴り始めた。無視しようと思ったが、とりあえず通話ボタンを押した。知らない相手だったら切ればいい。

「池袋警察署の者ですが、諸星博さんの携帯電話ですよね？」

知らない男の声だ。池袋警察署からの電話ということは、あの人に何かあったのだろうか。諸星は小さな声で返事をした。「ええ、まあそうっすけど」

「伝言が入っているんですが、今お時間よろしいですか？」

「ああ、はい……」

「星が見えなくなった。以上です」

伝言の内容を聞き、しばらく諸星は思案した。どういう意味だったっけ。たしか……。

その意味に思い至り、諸星は立ち上がった。その拍子に座っていたパイプ椅子が後ろに倒れて、大きな音を立てる。

「もしもし？　大丈夫ですか？　伝言は伝わりましたか？　もしもし？」

その声を無視して諸星は通話を切り、テーブルの上に置いてあった財布をジーンズのポケットに入れた。そのまま立ち去ろうとしたところで店のレジスターが目に入り、金を持ち去ろうかという考えが頭をかすめたが、釣り用の小銭だけを持っていっても仕方がない。

諸星は急いで店から出た。電気を消したり戸締りをしている余裕などない。廊下の窓から顔を出して外を見ると、ちょうど真下の路肩に黒塗りの高級車が停まった。車のドアが開いて、三人のチンピラ風の男が降り立った。

エレベーターはまずい。かといって非常階段を使って途中で鉢合《はちあ》わせになっても逃げ場はない。諸星は非常階段に通じるドアを開け、屋上に向かって駆け足で急いだ。

屋上に出る。手摺《てす》りから顔を出して、下を見た。黒塗りの高級車の前で、一人の男が煙草をふかしている。あの男が見張り役ということか。

どうする？　ここで男たちが引き揚げるのを待つ手もあるが、もし男たちが屋上まで来たら一巻の終わりだ。諸星は周囲を見渡した。

隣のビルの屋上が見えた。ビルとビルの間は一メートルほどだ。飛べない距離ではない。諸星は隣のビルに飛び移る覚悟を決め、まずは手摺りを揺すって頑丈さを確かめた。問題ない。これなら体重を預けても壊れたりしないだろう。諸星は手摺りを乗り越えた。

下を見ちゃ駄目だ。心の中で三つ数えてから、諸星は隣のビルに飛び移った。まるで映画みたいだなと思ったが、そんな悠長なことを考えている場合ではない。いつ男たちが屋上に出てきてもおかしくないのだ。捕まったら自分がどうなるか。想像するだけでも鳥肌が立つ。

諸星は屋上を走り、非常口のドアへと急いだ。もしも鍵が開いていなかったらガラスを叩き割るつもりでいたが、幸いにも非常口のドアの鍵は開いていた。

諸星は一段抜かしで非常階段を駆け下りた。


神崎は受話器を置いた。諸星という男に伝言を伝えたが、電話の向こうで諸星はかなりとり乱している様子だった。

十五分ほど前に、組織犯罪対策課の刑事が神崎のところにやって来た。黒木に話があるというのだが、生憎《あいにく》黒木は出払っていたので、代わりに神崎が話を聞いた。

黒木が使っている情報屋に諸星という男がいて、その男の素性《すじょう》、つまり諸星が警察に協力している事実が暴力団側に洩れたというのだ。

一ヵ月ほど前に池袋のスナックで経営者が殺害される事件があり、すでに犯人である暴力団構成員も検挙されたが、その事件解決の糸口となったのが、黒木経由でマル暴に寄せられた目撃情報だった。その情報をもたらしたのが諸星で、派手に情報を集め回ったのが致命的だったという。

素性の割れた情報屋の末路は厳しい。当然、報復を考える者がいても不思議ではないし、どう転んでも池袋で暮らしていくことは難しいだろう。

一応黒木の携帯電話に連絡したが、電話は繋がらなかった。

ここ数日の間、黒木は午後になると捜査と言って外に出て、そのまま署に戻ることがなかった。そして翌朝になると署に顔を出し、溜まった書類を片づける振りをしながら居眠りをして、また午後になるといそいそとどこかへ出かけていく。何の捜査をしているのかと尋ねても、曖昧な答えしか返ってこない。

仕方がないので黒木に短いメールを送信した。すると二分もしないうちに返信されてきて、メールを読むと例の伝言と知らない電話番号が記されていた。

うまく逃げられればいいのだが。会ったこともない情報屋の行く末を案じながら、神崎が椅子の上で伸びをしたときだった。警視庁から事件発生の入電があり、刑事課に緊張が走った。

「東池袋三丁目から携帯電話で入電。マンションの一室で男が死んでいるとの情報あり。マンション名は……」

続けられたマンションの名前を耳にして、神崎は思わず立ち上がった。猿が逃げたと言っていた男が住むマンションだ。男の名前は池田だ。猿が逃げてから今日で一週間がたつ。

強行犯係の係長である末長《すえなが》と目が合った。神崎は短く告げた。

「自分が行きます」

ダウンジャケットを掴み、そのまま廊下に出た。階段を駆け下りながら、黒木の声が耳元で甦った。

猿が逃げれば、何が起きるんだろうな。

諸星の住むアパートは要町《かなめちょう》にある。アダルトショップから歩いて二十分もかからないが、周囲を警戒しながら歩いたせいか、アパートに辿り着くまでに三十分以上もかかった。

隣のビルの非常階段を駆け下り、裏口から逃げ出した。男たちは隣のビルまで見張っておらず、何とか雑踏《ざっとう》にまぎれることができた。

星が見えなくなった、というのは黒木から教えられた暗号で、全力で逃げろという意味だ。池袋署の黒木と付き合いだしてもう二年がたつ。

黒木が客のふりをして店を訪れたのがきっかけだった。店の品を散々見回したあと、黒木の方から話しかけてきた。実は俺、刑事なんだよ。そんな軽い感じで自己紹介され、その日の夜にラーメン屋に連れていってもらった。

その店は塩ラーメンの店で、黒いTシャツを着た従業員たちが元気に働いていた。塩ラーメンを食べながら、黒木は事情を説明してくれた。黒木はある事件の容疑者を追っているようで、その容疑者の自宅から大量のアダルトＤＶＤが見つかったことから、その手の店の常連ではないかと想像したらしい。別れ際に黒木から一万円を強引に摑まされ、その翌日に諸星は内緒で防犯カメラのテープを黒木に渡した。

諸星が渡したテープが事件解決の役に立ったらしく、しばらくして黒木はまた飯を奢ってくれた。黒木に礼を言われ、諸星は何だか嬉しくなった。二十歳のときに東京に出てきて以来、人に感謝されるなんて数えるほどしかなかったからだ。

その日以来、諸星は黒木のための情報屋になった。捜査の役に立っているというのが嬉しかったし、自分が裏で警察に協力しているというスリルもあった。街を歩いているだけでも、自然と活力がみなぎった。あの風俗店の店長が行方をくらましたとか、あのパチンコ店の店員が賭け麻雀で借金をこしらえたとか、その程度の情報ばかりだったが、黒木に言わせるとそういう噂話の中に、たまに宝のような情報が潜んでいるというのだった。

それにしても寒いな。諸星は両腕を組んだ。慌てていたため、コートを羽織ってくるのを忘れてしまった。自宅アパートのある通りに出る手前で、諸星はビルの壁から顔を覗かせて、通りの様子を確認した。

やはり自宅も駄目か。諸星は小さく舌打ちした。アパートの前にさきほどの黒い高級車が停まっていた。

ビルの壁にもたれて溜め息をつくと、ポケットの中で携帯電話が鳴り始めた。その音に思わず驚いて、「うわっ」と悲鳴を上げてしまった。通りかかったOLらしき女が不審者を見るような目つきを向けてきたので、諸星は背を向けてビルの壁に身を寄せた。まだ携帯電話は鳴り続けている。画面に表示された名前は黒木だったので、諸星は慌てて通話ボタンを押した。携帯電話を耳に当てると、黒木の押し殺した声が飛び込んでくる。

「黒い夜には？」

いつもの暗号だ。諸星は答えた。「星が輝いている」

「よう、諸星」黒木が口調を変えて言った。「電話に出られるってことはどうやら無事みたいだな。悪かったな、俺が連絡したかったんだが、ちょっと野暮用《やぼよう》で手が離せなかったんだ」

「黒木さん、まずいっすよ、マジで。自宅まで張り込まれてますよ。これじゃ俺、帰る場所ないっすよ」

「まあしょうがないよな。正体がばれちまったんだから。奴らにとってみれば、情報屋ってのは裏切り者以外の何物でもないしな。お前はよくやってくれたよ、許してくれ」

「許すも許さないも、俺はどうしたらいいんですか？」

「とりあえず身を隠せ。一刻も早く池袋から立ち去った方がいいな」

黒木は簡単に言うが、身を隠せる場所など思いつかない。今夜だけならカプセルホテルやネットカフェでどうにかなるかもしれないが、長期間となると経済的に参ってしまう。仕事だってクビになったも同然だ。やはりレジの金を持ってくるべきだったか。

「そういうわけだから、元気で暮らせよ。じゃあな」

「ちょっと待ってくださいよ」

半ば泣き声で諸星がそう言うと、電話の向こうで黒木が言った。

「お前、電車賃くらいはあるだろ。今から俺の仕事を手伝ってくれないか？」

やはり死んでいたのはホストクラブ経営者の池田秀典だった。一週間前、猿が逃げたと通報してきたあの男だ。

「こいつは物盗《ものと》りの犯行とみて間違いなさそうだ。指紋でも出ると助かるんだがな」

「そうですね」

神崎は先輩刑事の言葉に相槌《あいづち》を打った。神崎たちが到着してから一時間近くが経過し、現場検証も始まっている。

池田が死んでいたのはリビングだった。ナイフのような鋭い刃物で胸を刺され、おそらく即死に近かったと推測される。死後五時間から七時間ほどが経過しているというのが鑑識の弁だ。犯行時刻は午前十時から正午の間と考えられた。

ドアチェーンがボルトカッターで強引に切断されており、午後四時過ぎに荷物を届けに来た宅配便の配達員がドアが半開きになっているのを不審に思い、中を覗いて死体を発見した。

「……店が終わるのが深夜一時で、朝一番で店の売り上げをここに届けることになっていたんです。社長が奥の和室にある金庫に売り上げを入れるのは、金を届けに来たことのある従業員なら誰でも知っています」

エレベーターの前で事情聴取に応じているのは、従業員である小坂《こさか》という男だ。死んだ池田の携帯電話に残っていた最新の通話履歴の相手が小坂で、捜査員の一人が電話をして事情を聞いた。池田が経営するホストクラブに勤める古株のホストらしく、すぐに彼はやって来た。

和室に置いてあった金庫がなくなっていた。おそらく犯人に盗まれたものと考えていいだろう。小坂の供述によると、毎朝池田は運ばれてきた売り上げを金庫に保管してから、眠りに就くのが習慣だったらしい。

「そろそろ帰ってもいいですかね。店が始まる時間なんですよ。といっても社長がこうなってしまったんじゃ今日の営業もどうなるかわからないですけど」

小坂の言葉を耳にして、神崎は腕時計に目を落とした。時刻は夕方五時を過ぎたところだ。

「神崎の言う通り、猿が逃げたのは犯行の前触れと考えていいかもしれないな。番犬代わりに飼っていた猿が逃げた一週間後に強盗に入られる。偶然にしては出来過ぎだ」

「ええ。自分もそう思います」

すでに現場に到着した同僚たちには一週間前の経緯を説明してある。猿は逃げたのではなく、盗まれたのではないか。それが神崎を含めた捜査員たちの見解だった。

現金を盗みに入った際、猿に暴れられたら厄介だ。そう考えた犯人は事前に猿を排除することを計画した。そして被害者が寝ている時間帯を選んで侵入を試みたはいいが、ドアチェーンを切る音で池田が目を覚ましたのだろう。犯人は池田の口を塞ぐため、その場で殺害することを選んだ。

「いずれにしても」係長の末長が口を開いた。「その猿はもう処分されてるだろうな。生かしておく意味がない」

猿が盗まれたという点では神崎も皆と同じ意見だったが、解せないことが一つあった。もし猿が盗まれたのであれば、犯人は池田がコンビニエンスストアで買い物をしていたわずかな時間を利用して、猿を車から持ち出したということになる。猿が騒げば通行人が注目するだろうし、店内にいた池田も気づいたはずだ。なぜ犯人はスムーズに猿を盗むことができたのか。スプレー式の麻酔、もしくはスタンガンあたりを使用したということか。

「おい神崎、黒木の奴はどこをほっつき歩いているんだよ」

同僚の一人にそう言われ、神崎は「すみません」と黒木の代わりに詫《わ》びを入れてから、携帯電話で黒木に電話をかけた。やはりすぐに留守番電話に切り替わる。さきほどからずっと電話をしているが、連絡がとれずにいた。

「まったく黒木の野郎、今度こそ許さねえからな」

先輩刑事のそんなぼやきが聞こえてきたが、その言葉の割りには先輩刑事の顔はにやついている。このあたりは黒木の人柄ってやつだろう。神崎は末長に向かって言った。

「申し訳ありません。すぐに黒木を捜してきます」

「いや、それには及ばん。あいつにはあいつの考えがあってのことだろう。神崎、俺たちは新宿の店に向かって関係者に話を聞く。お前は鑑識が引き揚げるのを待って、周辺の聞き込みに当たってくれ。署からの応援もそろそろ到着する頃だ。よろしく頼むぞ」

「はい、了解しました」

同僚たちは慌ただしく立ち去り、現場に残った刑事は神崎のみとなった。指紋を採取する鑑識職員の作業を見守りながら、携帯電話を見つめた。

一週間前にここを訪れた際、黒木は妙なことを言っていた。風が吹けば桶屋が儲かる。そんなことわざを持ち出して、何かが起きそうなことを予期していた。事件が起きたことはメールで伝えてあるが、まだ返信はない。

黒木、いったいどこで油を売っているんだよ。

そう問いかけても、携帯電話はぴくりとも動かなかった。

「よろしくお願いしまーす。ご来店を心からお待ちしておりまーす」

諸星はなぜかティッシュペーパーを配っていた。ホストクラブのティッシュ配り場所はJR新宿駅東口。客になりそうな若いお姉ちゃんはなかなか受けとってくれず、中年のおばさんだけがティッシュを遠慮なく摑んでいく。

「よろしくお願いしまーす。深夜一時まで営業してまーす」

なぜこういうとき、まとすの間を伸ばしてしまうのだろうと思いながら、諸星は自分がティッシュを配る羽目《はめ》になった経緯《きちよう》を思い出した。

黒木に呼び出された先は新宿の歌舞伎町《かぶきちよう》にあるホストクラブで、諸星が店を訪れたときにはすでに話がついていた。ホスト見習いというのが諸星に与えられた仕事で、スーツ一式と段ボール箱一杯のティッシュを渡され、新宿駅東口で配ってこいと若い金髪の男に命令された。若い金髪の男はどこか嬉しそうだった。自分より格下のホストが入ったせいで、若い金髪の男はティッシュ配りから解放され、店内でのグラス洗いに格上げになったらしい。その話を教えてくれたのは、一緒にティッシュを配っている二十歳そこそこの茶髪の若造だった。

「ちょっと休憩しましょうよ」

茶髪の若造から缶コーヒーを手渡された。二人並んで舗道《ほどう》の片隅に座り込み、缶コーヒーを啜《すす》りながら通行人の姿を眺めた。朝から何も食べていないので、甘ったるい缶コーヒーが腹にしみる。

池袋から離れたが、油断は禁物だった。奴らが捜索の網を新宿まで広げることも考えられるからだ。そう思って諸星はドラッグストアでヘアカラーを買い、金色だった髪を元の黒色に戻した。サウナの洗面台で慌てて染めたのでまだヘアカラーの匂いが残っているが、これでかなり印象が変わるはずだ。アダルトショップに保管されている自分の履歴書も嘘の経歴を並べてあるので、福岡の実家に危害が及ぶこともないだろう。

「君、この仕事長いの？」

諸星がそう訊くと、茶髪の若造が答える。

「まだ一ヵ月かな。早く一人前のホストになりたいっすね。知ってます？　トップクラスのホストになると、客から車を貢がれたりするみたいっすよ。それもＢＭＷとかベンツとかの高級車。シンヤさんがそうだし、ケンジさんもそう。マジ羨《うらや》ましいっすよね」

缶コーヒーを飲み干してから、諸星は茶髪の若造に訊く。「何時までティッシュを配るの？」

「八時くらいまで。それから店に戻って、今度は店の前で客の呼び込み。十一時くらいから、店に入って厨房をヘルプしたり上客を車で送ったりね。店の営業時間は深夜一時までだけど、常連さんと別の店に飲みに行ったりするし、結局俺たちは朝までお伴するってわけ。諸星さんは免許持ってるみたいだから、送りの仕事がメインになるんじゃないかな。ところで出身はどこですか？」

「俺？　俺は九州の福岡」

「俺は北海道の旭川《あさひかわ》っす。北海道と九州から上京して、一緒に新宿でティッシュ配ってるのって、何か超感動っすね」

「最近東京に出てきたばかり？」

「ええ。まだ半年もたってないっすね。何か田舎にいても面白くないし、こっちに出てくれば何とかなるんじゃねえかって感じっすよ」

俺と似たり寄ったりだな、と諸星は思った。

諸星が東京に出てきたのは二十歳の春のことだった。諸星の父親は福岡県内で造園業を営んでいて、高校を卒業した諸星は父の仕事を手伝うことになった。毎日のように軽トラに乗り、庭の手入れに回った。植木の手入れはそれなりに楽しい仕事だったが、大学に進学した同級生たちが楽しそうに居酒屋で飲む姿を見たりしているうちに、このままでいいのかと疑問を覚えるようになった。二十歳になったのを機に、諸星は東京に行くことに決めた。

東京に来れば何とかなる。そう思っていたが、結果は思うようにはいかなかった。職を転々としながら食い繋ぐのが精一杯で、啖呵《たんか》を切って飛び出してきた手前、実家に援助を乞《こ》うことなどできなかった。最近、庭の手入れに回っていた時期を懐かしく思うことがある。たまに伸び放題になっている街路樹を見たりすると、俺だったらこんな風に剪定《せんてい》するなと想像を巡らすこともある。

「じゃあ仕事に戻りましょうか。早く配っちまいましょうよ」

茶髪の若造がそう言って立ち上がったので、諸星も腰を上げた。空腹で腹が鳴った。ホストになったと知ったら、親父はどんな顔をするだろうか。そんなことを思いながら、諸星は段ボールの中からティッシュペーパーをまとめて摑んだ。


「それではごゆっくり」

小坂晋也《しんや》は手元にあったグラスの水割りを飲み干してから、席を立った。フロアを横切り、厨房脇にあるバーカウンターに入る。ポケットからメディシンケースをとり出して、中に入っていたウコンの錠剤を二粒口に入れる。冷えたウーロン茶で錠剤を流し込んでから、晋也は両手をカウンターについて店内の様子を眺めた。

およそ半分の席が埋まっている。月曜日にしては上出来の部類だ。ホストのジョークに大笑いする女の嬌声《きょうせい》が響き渡っている。しかし彼女たちは店の経営者が殺害されたなど、露《つゆ》ほども知らないことだろう。

晋也はこの店で一番古株のホストだ。池田から店の運営に関するほとんどを任されていた。池田が死んだと聞いたとき、店を開けるか否か迷ったが、晋也の独断で店を開けることに決めた。それが池田に対する何よりの供養だと思ったからだ。

経営者の池田が死んでしまったが、晋也はそれほど今後のことを心配していない。不景気の影響もあってか店の売り上げは芳《かんば》しくなかったが、店とスタッフが揃っている以上、また別の誰かがスポンサーとして名乗りを上げるはずだ。事実、池田が死んだことがニュースで流れた夕方あたりから、晋也の携帯電話には同業者たちからお悔やみの電話が相次いでおり、中には次の経営者のことで探りを入れてくる奴もいた。歌舞伎町では噂が広がるのも早い。

「お疲れ様です」

そう言ってバーカウンターに入ってきたのは、諸星という新人ホストだ。年齢は三十代前半で、ホストにしては珍しく黒髪のままだ。

「シンヤさん、お願いがあるんですけど、住所教えてもらっていいですかね？」

諸星にそう言われ、晋也は訝《いぶか》しみながらも自宅の住所を告げた。「ええと、渋谷区代々木《よよぎ》……」

諸星は晋也が口にした住所を手帳にメモしていた。覗き込むと、他の従業員の名前と住所も並んでいた。さすがに疑問を覚えたので、晋也は訊いた。「何に使うんだ？」

「年賀状ですよ。新参者なので、皆さんの住所を聞いて回っているんです」

へえ、意外に気が利く男だな。晋也は感心しながら、諸星を奥のスタッフルームに呼んだ。「こっちだ」

スタッフルームに入った晋也は、デスクの上のノートPCから従業員の住所録を印刷して、諸星に渡した。

「使えよ。聞いて回る手間が省《はぶ》けるだろ」

「ありがとうございます。助かります」

「あっ、ちょっと待ってくれ」

晋也は諸星の手から住所録を奪い返し、一人の男の名前をボールペンで消した。それを再び諸星に渡すと、住所録に目を落とした諸星が言った。

「芳村《よしむら》……さん？　辞めちゃった人ですか？」

「ああ。ちょうど二週間前にな。社長と同郷で、かなり可愛がられていたんだが、いきなり辞めちまったのさ」

「何で辞めたんですか？」

「さあな。噂だと社長が親しくしていたホステスに手を出したとか出さないとか、くだらない理由さ。といってても社長はもうこの世にいないわけだが」

「へえ、そうなんですか。ところでシンヤさん、三番テーブルの客、誰ですか？」

諸星の視線の先には三番テーブルで騒いでいる女性の姿があった。

「あの人は社長のこれだよ」

晋也が小指を立てると、諸星がにやりと笑ってうなずいた。三番テーブルの客は都内に三軒のアロマグッズ専門店を経営する実業家で、社長の愛人だ。社長が死んだ日くらいは家で大人しくしていればいいものを、開店早々店に現れて、社長の思い出話をしては涙ぐんでいる。それでも上客であることに変わりはなく、決して無礼があってはならない。

「では仕事に戻ります」

諸星が頭を下げた。礼儀作法もそれなりにしっかりしているようだ。年賀状を書くという心意気も気に入った。

期待してるぞ、諸星。晋也は心の中でスタッフルームを出ていく諸星の背中に語りかけた。

鑑識の捜査が終わったのが夕方七時過ぎで、彼らが引き揚げるのを待ってから、神崎は捜査を開始した。応援に駆けつけた面々とともに、まずは池田と同じマンションの住人たちに聞き込みをおこなったが、収穫はほとんどなかった。犯行時刻が平日の午前中ということもあり、住人の多くが仕事で出払っていたからだった。

池田が経営するホストクラブは今日も営業しており、関係者への事情聴取に苦労しているらしい。だが死んだ池田はクラブ経営のほかに株取引にも手を出しており、先月には多額の損失を出したことが明らかになった。店の売り上げのほとんどを損失の埋め合わせに回しているようだが、それでも全額を補塡《ほてん》することは難しい状況だという。

「神崎、そろそろ署に戻ろう。帰ってミーティングだ」

先輩刑事に声をかけられ、神崎はマンションをあとにした。先輩刑事の背中を追って歩き始めたところで、神崎は足を止めた。

「どうした？　神崎」

「ちょっと気になることがあるんです」

神崎はそう言ってマンション一階のコンビニエンスストアに足を踏み入れた。神崎の姿を見た店長が近づいてくる。さきほど聞き込みに寄ったばかりだが、事件のあった午前中には不審な客はいなかったという。

「刑事さん、まだ何か？」

「ええ。防犯カメラの映像を見せていただきたいと思いましてね」神崎は店内に目を走らせ、一台の防犯カメラを指でさした。「あのカメラの映像です。レジスペースの奥から、雑誌コーナーに向けられたカメラだった。一週間前の午前九時くらいからの映像をお願いしたいのですが」

「一週間前ですか？　今日の事件と何か関係があるんですか？」

「それは何とも言えません。お願いします」

店のバックルームに案内された。店長がパソコンを操り、画面に映像を再生させた。右上に時刻が表示されている。しばらく早送りをしてもらうと、午前十時を少し回った頃、店のドアから一人の男が店内に入ってくるのが目に入った。死んだ池田に間違いない。

「早送りを止めてください」

雑誌コーナーを隔てた窓ガラスの向こうに、一台の車が停まっているのが見えた。

神崎はその車の様子をずっと注視した。池田が買い物を済ませて店から出て行くまで、二十人近くの通行人が車の脇を横切ったが、立ち止まる者は皆無《かいむ》だった。車に近寄るなどの怪しい素振りを見せた者もいない。

そういうことか。神崎はうなずいた。つまり、猿は盗まれてなどいなかったのだ。おそらく車に乗せてもいない。俺たちはまんまと池田に担《かつ》がれたのだ。となるとつまり……。

「思い出しました」神崎の背後で店長が言った。「ちょうど一週間前くらいかな。池袋署の刑事さんが来て、同じ時間帯の映像を確認していきましたよ」

ちっ、そういうことだったのか。神崎が唇を嚙んだとき、胸ポケットの中で携帯電話が震え始めた。画面を確認すると着信は黒木からだった。あの野郎――。

「ありがとうございました。ご協力感謝いたします」

店長に礼を述べてから神崎はバックルームを出て、店内を小走りで駆けた。店の外に出ると同時に通話ボタンを押す。

「黒木、お前いったいどこにいるんだ?」

「さっき携帯見たら驚いたぞ。お前からの着信が三十件だ。俺の女かよ、お前は」

「メール読んだろ。軽口叩いてる場合じゃない。一週間前の猿が逃げた件、憶えてるな。あの飼い主が殺された。強盗の仕業《しわざ》だと考えられている。お前、早く捜査に合流しろ」

「急《せ》かすなよ。とにかく今から言う男を洗ってくれ。いいか、名前はヨシムラトシキ。住所は新宿区……」

「ちょっと待て」神崎は手帳をとり出して、膝の上で黒木が言った男の名前と住所をメモする。「この男がどうした？　事件と関係しているのか？」

「ああ。多分な。急いでくれ。俺は今、手が離せないんだ」

「手が離せないってどういうことだよ。いいか、黒木。俺たちはあの池田って奴に騙されたんだ」

「詳しい話はあとだ。頼んだぞ、神崎」

「おい、待てよ、黒木。お前いったい……」

そう呼びかけたが、黒木は一方的に通話を切ってしまう。神崎は手元のメモに目をやった。芳村敏生。この男は何者なんだ？

「ちょっと待っててくれるかしら？　お買い物を済ませてくるから」

女はそう言って車の後部座席から降り立ち、深夜営業のスーパーマーケットへと入っていった。ハザードランプを点滅させてから、諸星は運転席で大きく伸びをした。

運転している車はクラウンで、ホストクラブから帰る客を自宅へと送り届けるのが諸星の仕事だ。日付が変わって深夜零時を回っているが、すでに諸星は五組の客を自宅まで送り届けていた。車の運転は嫌いじゃない。高校生の頃から田舎で乗り回していたものだ。

携帯電話をとり出し、電話帳を開いた。福岡の自宅の電話番号を呼び出したが、深夜のこの時間になると母親は眠っているだろうと思い、諸星は携帯電話を閉じた。しばらくカーラジオのヒットソングに耳を傾けていると、スーパーマーケットの入口からさきほどの女が出てくるのが見えた。死んだ社長の愛人だから失礼のないようにな。出かける間際に同僚から囁《ささや》かれた言葉を思い出し、諸星は車から降りた。女のもとに向かい、彼女が持っていた買い物袋を持った。思った以上に袋は重い。「俺が運びますよ」

「そう。ありがと」

女のために後部座席のドアを開け、買い物袋を助手席に置いた。運転席に回り込んで、シートに座ってハザードランプを解除する。

「リンゴ、お好きなんですね」

車を発進させながら、諸星は言った。買い物袋に入っているのは大量の果物で、中でもリンゴが目立つ。そういえばリンゴダイエットというのが流行《はや》っていると耳にしたことがある。

「私は好きじゃないわよ、リンゴなんて。あっ、次の信号を右に曲がったところでいいわ」

女の指示に従い、右折レーンに車を入れた。池尻大橋《いけじりおおはし》のすぐ近くだ。車を停車させた諸星は、運転席から素早く降り立った。後部座席のドアを開けてから、助手席の買い物袋をとり出し、女に手渡した。

「ご苦労様。またお願いね」

女はそう言って高級マンションのエントランスに消えていった。諸星はマンションを見上げる。こんなマンションに住んでいるなんて、どんな仕事をしているのだろう。

さて、戻るとするか。諸星が運転席に乗り込むと、ポケットの中で携帯電話の着信音が鳴り響いた。黒木からだった。

「お前、客の送りをしているんだってな？」

いきなり黒木は訊いてきた。諸星は答えた。

「ええ。そうっすけど」

「もしペットショップに寄るような客がいたら、すぐに俺に連絡してくれ」

「ペットショップ？　どういうことですか？　黒木さん」

「馬鹿。俺の名前を呼ぶな。俺たちは兄弟って設定なんだからよ」

どういう事情があるのか知らないが、黒木は数日前からホストクラブで働いていて、あろうことか諸星という偽名を使っているようだ。電話で新宿に呼び出されたときにそれを知らされて、黒木の弟という触れ込みで諸星は入店を許可された。黒木はたった数日の間に実力を見込まれ、すでに店内で客相手の仕事をしているらしい。こちらは店内にほとんど足を踏み入れることなく、外で客引きをしているだけなのに。

「いいからペットショップだ。それとな……ええとペットフードとか果物とかを大量に買い込む奴もだ。そういう客がいたらすぐに俺に知らせろ。いいな？」

「それならたった今、送りましたよ。そういう女」

諸星は説明した。スーパーマーケットで大量の果物を買った社長の愛人について。

諸星の話を聞き終えた黒木は、電話の向こうで言った。

「あの女か……。当たりかもしれない。場所はどこだ？」

「池尻大橋です。ええと２４６の……」

いったい何事だろう。黒木が何を追っているのか、皆目見当がつかなかったが、電話口で黒木がやや興奮しているのは伝わってくる。

「よし。そこを動くなよ。今から向かう」

「ちょっと待ってくださいよ、黒木さん。俺、送りの途中なんですよ。そっちに戻って別の客を送らないと……」

「いいんだよ。ホストごっこはもう終わりだ」

黒木はそう言い放って、一方的に通話を切った。何だよ、いったい。諸星はしばらく呆然としながら携帯電話を眺めていた。


「こちらは準備ができた。どうぞ」

「こっちもＯＫだ」

耳に仕込んだイヤホンから捜査員たちの声が飛び込んでくる。神崎は覆面パトカーの運転席に座っていた。隣の助手席に座った先輩刑事が、小型の双眼鏡で前方のアパートを見張っていた。

黒木から電話があってから、かれこれ四時間以上が経過していた。黒木が電話で告げた芳村という男は、池田が経営するホストクラブの元従業員であることが判明した。しかも二週間前に池田の反感を買い、店を辞めているとの情報が別の捜査員から寄せられ、捜査の対象となったのだ。クビになる前は池田に可愛がられていて、ほぼ毎日店の売り上げを池田のマンションに運んでいた事実も浮かび上がり、芳村への疑惑は一層深まった。

しかしそこから先が難航した。店の住所録にあった芳村のアパートはすでに引き払われており、転居先もわからなかった。しかし芳村と親しくしていたホストの一人が、芳村の恋人の素性を吐いたことが突破口となった。芳村の恋人は同じ歌舞伎町のガールズバーで働く女だった。ガールズバーで聞き込みをした結果、芳村と同じく二週間前に女も仕事を辞めていたが、住所だけは知ることができた。すでにアパートの大家には事情を聞いていて、最近男が一緒に住んでいることも明らかになっていた。

「行くぞ、神崎」

そう言って先輩刑事が助手席から降りたので、神崎もあとに続いた。小走りで木造アパートに向かう。時刻は深夜一時になろうとしており、人影はほとんどない。

階段を上る。階段を上ってすぐの部屋だ。先輩刑事がドアをノックした。神崎は腰の警棒をぐっと握る。拳銃携帯の許可は出ていないが、相手が殺人を犯した可能性もある以上、油断は禁物だった。

「夜分恐れ入ります。池袋署の者です。少しお話を聞かせてください」

中で音が聞こえた。窓を開ける音だ。しばらくしてドアが開き、化粧っ気のない女が顔を出した。「何なの？　こんな時間に」

ドアの隙間から中を見る。奥の窓が開けっ放しになっており、白いカーテンが揺れていた。神崎は襟元に口を近づけ、小型マイクに向かって小さく言った。「南側の窓が開いています。被疑者は逃亡を図った恐れあり」

先輩刑事が警察手帳を見せながら女に言う。

「ドアチェーンを開けてください。抵抗すると、あなたのためになりませんよ」

「だからやめとけって言ったのに。私は関係ないからね」

女は観念したのか、ドアチェーンを解除した。先輩刑事に続いて部屋の中に足を踏み入れる。すべての部屋を素早く確認したが、やはり芳村の姿はない。ただこちらも芳村の逃亡には備えているので、奴に逃げられることはないだろう。

「神崎、決まりだな。こいつは」

先輩刑事が押入れの中をあごで示した。覗き込むと、そこには黒い金庫があった。ペンチなどの工具類が転がっていることから、強引に金庫を開けようとした形跡が見てとれた。鍵屋を呼ばなかったのは利口な判断だ。鍵屋を通じて窃盗犯を割り出すケースも多々あるからだ。

「被疑者を確保。公務執行妨害で現行犯逮捕」

イヤホンから芳村確保の報告が入り、神崎は胸を撫で下ろす。先輩刑事が女を外に連れ出していた。「少し署でお話を聞かせてください」

神崎もいったん外に出た。アパートの住人が騒ぎを聞きつけドアから顔を覗かせている。階段を下りる途中、通りに人影が見えた。なぜか台車のようなものを押している。黒木だった。

階段を駆け下り、神崎は黒木のもとに向かった。黒木はにやりと笑って言った。

「終わっちまったらしいな。間に合わなかったか」

「黒木、お前……」

「こいつがマイケルちゃんだ。捜すのに結構手間取ったぜ」

黒木が押している台車には、一メートル四方の檻《おり》が載せられていた。檻の中では一匹の猿が、熱心にリンゴをかじっている。

「今回の事件のからくりだが、お前も気づいているんだろ」

煙草に火をつけながら、黒木が言った。

「ああ、まあな」神崎はうなずいた。「池田は株取引での損失を補塡するため、狂言強盗を計画したんだ。共犯者は芳村敏生という店の元従業員だ」

「風が吹けば桶屋が儲かる。俺がそう言ったのは憶えてるだろ？」

最初に猿が逃げたという通報があり、池田に事情を聞いたあとのことだった。意味深な言葉だったので、ずっと印象に残っていた。「ああ。忘れちゃいない」

「猿が逃げれば、借金が綺麗になくなる。そうなるはずだったんだ」

黒木の言わんとしていることは理解できた。まず番犬代わりに飼っていた猿が逃げたという芝居を打ち、自宅の警備が薄くなったことを警察に印象づける。そのうえで実際に狂言強盗を演じて、自宅から金庫ごと盗まれたことにする。池田は盗まれたはずの金を損失の補塡に充てるつもりだったはずだし、さらには空き巣被害で保険金をせしめる魂胆だったのかもしれない。ところが急に風向きが変わる。芳村が裏切ったのだ。

「二人の間で何があったのか、それはわからない」黒木が煙草の煙を吐き出した。

「分け前のことで揉めたのかもしれないし、金に目がくらんで芳村が裏切ったのかもしれない。だが結果として池田は殺害され、芳村に金庫を奪われてしまう。池田の筋書き通りにはいかなかったわけだ。猿が逃げれば裏切り者に殺されるってことだ。哀れなもんだな」

「ところでこの猿はどこに？」

神崎が訊くと、黒木はポケットの中からポリ袋をとり出しながら答えた。

「池田の愛人宅で発見した。その女、かなり猿を甘やかしていたようで、餌を食ってばかりいるんだ。餌をやらないと暴れ出すしな、明日にでも動物園に引きとってもらおうぜ」

黒木はポリ袋からカットしたリンゴを出して、檻に近づけた。猿は器用に手を檻の隙間から出して、黒木の手からリンゴを奪う。息が合っているように見え、少し可笑《おか》しい。

「さてと、現場検証を手伝うとするか」

黒木がそう言って、台車を押してアパートの方へ歩き出す。その背中に向かって神崎は言った。

「待てよ、黒木。お前、最初から気づいていたんだろ。猿が逃げたと池田が嘘をついていることを知り、勝手に捜査を進めたんだな」

黒木が振り返って言った。「何の話だ？」

「とぼけるなよ。例のコンビニの店長から話を聞いた。一週間前、池袋署の刑事が来たらしい。お前なんだろ」

猿が逃げたという相談を受け、黒木はコンビニエンスストアの防犯カメラの映像を確認し、池田が嘘をついていることを見抜いたのだ。初歩的な確認作業を怠ったのは、完全に俺の失態だ。神崎は自分の迂闊《うかつ》さを呪った。

「自分を責めるなって、神崎。事件を未然に防げなかったのは俺だって同じだぜ」

「さっき耳にしたぞ。ホストクラブの従業員で、どうしても連絡がつかない男がいるらしい。諸星という兄弟だ。弟は客を送りに出たまま行方が摑めず、兄の方も店に無断で姿を消したらしい。お前の仕業だな。諸星というのはお前が使っていた例の情報屋の名だ」

「大目に見ろよ、神崎」黒木は猫撫で声で言った。「潜入捜査の一環だよ。それにな、係長には事前に許可を得ているんだ。さすがの俺だってそこまで浅はかじゃない。最初に猿が逃げたって聞いたとき、ピンと来たんだ。面白いことになりそうだってな」

そういうことだったのか。だから末長は黒木の行方を追おうとしなかったのだ。それにしてもこいつは食えない男だ。

「まさかギャラはもらってないだろうな。俺たちは公務員だ。いくら潜入捜査といっても、店側から賃金を受けとることは許されないぞ」

「まったく変なところに鋭いな、お前って奴は」黒木は懐から封筒を出した。「これが五日間で俺がもらったギャラだ。お前から係長に渡せばいい」

封筒をこちらに渡しながら、黒木が言った。「それに俺は別の収穫があったからな」

「別の収穫？」

「そうだ。俺は刑事を辞めてもホストとして食っていける。それがわかっただけでも大きな収穫だよ。それともう一つ」

「もう一つ？」

「思い出だよ」黒木が鼻の頭をかいて言った。「いい思い出ができたと思う」

「馬鹿なこと言うな。お前は思い出作りのために刑事やってんのか？」

黒木はそれには答えず、台車を置いたままアパートの階段を上っていく。残された檻の中で、まるで餌を要求するかのように猿が暴れ出した。

「ありがとうございます。お気をつけて行ってらっしゃいませ」

諸星はカードキーをフロントに返し、バッグを担いだ。上野《うえの》にあるビジネスホテルで、宿泊費は黒木が前払いしてくれている。

そのままホテルから出ようとすると、ロビーのソファから一人の男が立ち上がった。黒木だった。隣には黒木と同世代の男がスポーツ新聞を広げていた。多分黒木の同僚だろう。

「よう、諸星。ぐっすり眠れたか？」

「はい。お陰様で」

「ところで行く当てはあるのか。前にも言ったが、池袋には戻るなよ。殺されることはないだろうが、半殺し程度の目には遭うぞ、確実にな」

「戻らないっすよ。実家に帰ることに決めましたから」

今朝、思い切って福岡の実家に連絡した。すると母が電話に出て、最近父の腰の調子が悪く、仕事に支障が出ていると聞いた。あんたが戻ってくれると嬉しいんだけどね。ほら、父さんは頑固だけど、今なら腰も痛いし、あんたを受け入れてくれると思うのよ。

母のその言葉を聞き、諸星は実家に帰ることに決めた。思えばここ数年、ずっと実家に帰る理由を探していたような気がする。親父が腰を悪くしたなら、じゃあ仕方ないなって思えるし、大義名分にもなる。

「そうか、実家に帰るのか」黒木が一瞬遠くを見るような目つきになった。「じゃあとで実家の住所を教えろ。お前のアパートから私物を宅配便で送ってやる、着払いでな」

「ありがとうございます。恩に着ます」

黒木から紙袋を渡された。

「餞別《せんべつ》ってわけじゃないが、これ持っていけ。うちの実家、煎餅《せんべい》屋でな。煎餅だけは掃《は》いて捨てるほどあるから、お前にくれてやる」

「すみません、お気遣いいただいて」

「気を遣ってるわけじゃねえよ。いいか、諸星。田舎に帰っても年賀状とか送ってくるんじゃないぞ。俺はそういうの嫌いだからな」

十年近く東京で暮らしたが、それほどいい思い出ができたとは言い難い。親しい友人もできなかったし、恋人もできなかった。ただ黒木の情報屋として働いていたことが、諸星にとって一番の勲章だった。

昨夜だって痛快だった。黒木と二人で高層マンションに押し入り、例の女から猿を奪い去った。黒木が刑事だと名乗ったときの女の顔は忘れられないし、あんな間近で猿を見るのも初めての経験だった。

怖い思いもたくさんしたが、黒木の仕事を手伝えてよかったと思う。筋者から組織に入らないかと何度か誘われたこともあったが、その都度断ってきた。俺は黒木さんのために働いている。そんなプライドがあったからだ。

「これ、お前にやるよ」

黒木はおもむろに左手首に巻かれた腕時計を外し、こちらによこしてきた。

「もらえませんって、こんな大事なもん」

年代物のシルバーの腕時計だ。黒木が刑事になったときに記念として購入したものであることを諸星は知っていた。受けとるわけにはいかない。

「いいんだよ、遠慮するな」半ば強引に黒木から腕時計を渡される。「ちょうど新しい時計を買おうと思っていたところなんだ。ボーナスも入ったしな」

諸星は腕時計を眺めた。いつかこんな腕時計が欲しい。ずっとそう思っていた。

「じゃあな、諸星。達者《たっしゃ》でな。ほら神崎、早く行こうぜ。せっかく上野まで来たんだ。暮れのアメ横を冷やかしてから帰ろうぜ」

神崎と呼ばれた男がスポーツ新聞を置いて立ち上がった。男の口元には笑みが浮かんでいる。諸星に向かって無言で会釈《えしゃく》をしてから、神崎という男は黒木を追ってホテルのロビーから出ていった。

黒木からもらった腕時計を巻いてみる。なぜか一人前の男になったような気分になり、二人を追って外に出た。通りを並んで歩いていく二人の背中が見える。その背中に頭を下げてから、諸星は黒木から渡された紙袋の中身を見た。高級そうな煎餅の詰め合わせだ。

紙袋の中に一枚の写真が入っていた。それを見て、諸星は思わずその場で噴き出していた。昨夜、例の女のマンションの一室で撮った写真だった。あのマイケルという猿を挟んで、黒木と諸星がピースサインをして笑っている。

第二話　失態

神崎隆一が池袋警察署刑事課に出勤したのは、午後四時過ぎのことだった。買ってきた缶コーヒーを自分のデスクの上に置き、ブラインドから窓の外を覗いた。

今日は金曜日だ。夕陽を浴びたビルの窓ガラスがオレンジ色に輝いている。通りを歩く通行人の数はまだ少なかった。週末、特に金曜土曜の宿直は、独特の緊張感が伴う。夜十時を過ぎた頃から池袋の街は酔っ払いで溢れ始め、それから朝までひっきりなしに事件が発生することになる。

「よう、神崎。今日は宿直か？」

真向かいの席に座りながら、同僚の黒木が言った。捜査から帰ってきたらしく、コンビニエンスストアの袋を持っている。

「ああ、そうだ。お前はあがりだろ」

「悪いね。今夜の池袋の治安はお前に任せた。もう慣れただろ、週末の宿直も」

神崎が池袋警察署に赴任《ふにん》して、一年半が経過していた。赴任した当時は、週末の宿直の多忙さに驚いたものだ。

素人《しろうと》の酔っ払いによる喧嘩がほとんどだった。喧嘩を仲裁《ちゆうさい》して、怪我人を病院に送り届ける。刑事の仕事はそれで終わりではない。目撃者に事情聴取し、報告書を作る。被害者が被害届を出す場合、その書類も作成する。宿直の夜は街を駆けずり回ることになるので、自席で書類を作る暇などないに等しく、それらは翌朝以降に持ち越される。もしも宿直の夜に起きた事件を書類にまとめてから帰るとなると、おそらく帰宅できるのは翌日の夕方になる。二十四時間、ぶっ通しで働くことになるのだ。最初の頃は生真面目《きまじめ》に書類をすべて作成してから帰宅したものだが、最近では神崎も要領を覚えてきている。

「今夜もどうせ近くで飲んでいるんだろ？」

神崎が訊くと、黒木が競馬新聞から顔を上げて言った。

「誕生日だから旨いものを奢ってくれって、馴染みのホステスに言われているんだよ。鰻《うなぎ》か寿司か、どっちか迷うところだな」

情報収集と称して、黒木が夜な夜なクラブで遊んでいるのは神崎も知っている。池袋署に赴任したばかりの頃は、神崎もよく一緒に連れて行かれたものだった。お陰で池袋の地理には詳しくなった。

「じゃあ人手がなくなったら、応援頼むぞ」

「馬鹿言え。俺は非番なんだ」

黒木が鼻で笑った。

しばらく黒木と雑談していると、宿直に当たっている刑事たちが部屋に入ってきた。その中には係長の末長の姿もあった。係長といえども一刑事であることに変わりはなく、宿直業務もこなさなければならないのだ。リラックスしきった黒木の顔と違い、宿直担当の刑事たちの顔には緊張の色が滲《にじ》んでいる。大きな事件が起きず、無事に朝を迎えたい。そんなことを祈っているかのようだ。

神崎は気持ちを引き締めた。


その事件が発生したのは午後九時を過ぎたころだった。池袋西口公園近くの路上で暴行事件が発生したという通報がパトロール中の警察官から寄せられた。すでに二件の喧嘩が発生しており、神崎は一件目の喧嘩の仲裁から戻ってきたばかりだった。買ってきた夕食の弁当を食べることなく、神崎は係長の末長とともに現場に向かった。西口公園は池袋署から歩いて三分もかからないところにある。

すでに救急車が到着しており、被害者は担架に乗せられていた。被害者は二十代のサラリーマン風の男で、目立った外傷はないが意識を失っているようだった。所持品がなく、本人の意識もないため、名前さえも調べることが難しいという。事情聴取は病院で意識が戻ってからになりそうだ。

野次馬が集まり始めていた。被害者に連れがいなかったか訊いて回ったが、それらしき人物は発見できなかった。一人か、もしくは警察沙汰になるのを恐れ、連れは逃げてしまったか。どちらの可能性も考えられた。

「神崎、目撃者を探せ」

末長にそう命じられ、神崎は野次馬たちに目を走らせた。通りを挟んだ向こう側に立つ、紺色の服を着た一人の男性に目が留まった。通りを渡り、神崎は男性のもとに向かう。警察手帳を見せながら男に訊いた。

「池袋署の者です。今、そこで起きた暴行事件を目撃していませんでしたか?」

男はチラシを手にしている。店の前で割引のチラシを配っている居酒屋の店員だった。

「本当に一瞬のことだったから、あまり詳しく憶えてないですけど」

そう前置きして、男は語り始めた。

今から十五分ほど前、現場となった路上でいきなり声が聞こえた。因縁をつけるような声だったという。因縁をつけたのは大柄の男で、被害者となったサラリーマン風の男には怯《おび》えているような雰囲気があったらしい。するといきなり、大柄の男がサラリーマン風の男のシャツを掴み、投げ飛ばした。

「綺麗なと言っちゃ不謹慎かもしれませんけど、一本って感じの見事な背負い投げでした。下はアスファルトでしょ。投げられた人は痛かったんじゃないかな」

柔道経験のある、大柄の男か。神崎はさらに別の目撃証言を求めて聞き込みを続けたが、それ以上の証言は得ることができなかった。救急車はすでに走り去ったあとだった。喧嘩の仲裁なら簡単だが、一方的な暴行事件、さらに加害者が逃走しているというのが厄介《やっかい》だ。長い夜になりそうだ。

「神崎、こっちに来い」

末長に呼ばれ、神崎は現場となった路上に戻った。末長の眉間《みけん》には深い皺《しわ》があった。あまりいい話題ではなさそうだ。

「これが落ちていた」

末長がそう言って見せてきたのは、一台の携帯電話だった。折り畳み式のものだ。末長は白い手袋をはめ、携帯電話のボタンを操っている。

「所有者も割れた。川浪芳樹《かわなみよしき》。うちの地域課勤務の警察官だ」

末長の眉間の皺の理由がはっきりとわかった。現場で発見された携帯電話の所有者が、池袋署の現職警察官なのだ。暴行現場にたまたま落としたというのは考えにくい。

「署に問い合わせたが、川浪は非番らしい。寮にも戻っていないようだ」

池袋警察署の独身寮は、署のビルの上層階にある。二十代の独身者は全員寮で暮らしている。神崎も独身だが、すでに三十歳を超えているし、赴任したときに空きがなかったため、個人的にマンションを借りている。神崎は末長に告げた。

「居酒屋の店員が事件の一部を目撃しています。大柄の男が一方的に暴行を加えたようです。見事な背負い投げだったと言っています」

末長が目を見開き、それから首を横に振った。

「信じられん。これは騒ぎになるぞ」

すべての警察官は、警察学校を卒業してからも柔道か剣道のどちらかを選択し、毎日のように署で稽古《けいこ》に励んでいる。神崎は中学の頃から剣道一筋で、今でも可能な限りは早朝の稽古に顔を出すように心掛けている。

柔剣道の強さイコール出世というわけではないが、警察官の間でそれらの強さは重要な要素となる。年に一回開催される警視庁管内の署対抗柔剣道大会は、管内の各署がしのぎを削る戦場だった。署長クラスも応援に訪れて署員を鼓舞するし、そこでの活躍如何《いかん》では警視庁に引き抜かれることもある。池袋署は毎年のように柔道、剣道ともに優勝候補の一角と目されており、過去に何度も優勝していた。そして柔道選手としての川浪芳樹は池袋署のエースだった。

高校時代から頭角を現し、大学の学生選手権でも二度の個人戦準優勝を誇る猛者《もさ》だ。柔道部に力を入れる大手警備会社の誘いを断り、大学卒業後に警察官になった。警察学校を卒業後、渋谷署の地域課に三年在職し、今年の春から池袋署の地域課に配属となり、東口交番への勤務を言い渡された。これで今年の優勝はもらったも同然だ。川浪の配属が決まったとき、署内でそんな声が聞かれたという。

今年の大会は来週に控えている。ただ、今年は団体戦の初戦で当たる相手が前回準優勝の城東署《じょうとう》であるため、激戦になることは必至だった。城東署の大将は市村《いちむら》という、警察関係者では知らない者はいないほどの強豪選手だ。たしか川浪と同じ大学の卒業生だ。

「お願いします。何としてでも川浪を見つけてください」

末長の声が聞こえた。神崎は署に戻っていた。末長は今、地域課の上層部と電話で話している。川浪の携帯電話が現場で発見されただけで、まだ彼が暴行事件の加害者であるという証拠はない。ただ加害者が柔道の使い手かもしれないというだけだ。

受話器を置いた末長は、すぐにまた別の電話をかけた。会話の内容からして刑事課長に電話をかけているのだとわかった。もしも川浪の事件への関与が確定となれば、刑事課長だけではなく署長を呼び出すほどの騒ぎに発展するだろう。末長の姿を横目で見ながら、神崎は川浪の風貌を思い起こした。

身長は百八十センチほどで、引き締まった体をしていた。柔道の階級でいえば八十一キロ級だと記憶している。署の廊下やエレベーターで何度か顔を合わせたことはあるが、目の大きな愛嬌のある顔つきをしており、耳が潰れていること以外、柔道の強豪選手には見えないような男だった。そんな川浪は、今年の夏に新聞に載ったことがある。

八月のことだった。今年に入って管轄内で侵入窃盗の被害が増加し、このままだと前年比で二〇パーセントの増加率が見込まれていた。事態を重く見た池袋署では、侵入窃盗が多発するお盆の時期に合わせ、署員を総動員して一戸ずつ地道に訪問し、ビラを配って戸締りを徹底するよう注意を呼びかけることにした。当然、神崎も動員された。

そんな中、事件は起こった。東池袋のマンションでビラを配っていた川浪芳樹巡査は、向かいのマンションのベランダを乗り越えようとしている男を見つけたのだ。川浪に見られていることに気づかぬまま、男はガラスを叩き割り、クレセント錠を解錠して部屋の中に消えた。川浪はすぐに署に応援を要請してから、向かいのマンションに急いだ。

問題の部屋は十二階にあった。川浪は廊下で息を殺して待ち続けた。やがてドアが開き、紙袋を持った男が姿を現した。川浪の姿を見たとたん男の顔色が変わった。逃げ場がないことを悟った男は隠し持っていたナイフで川浪に襲いかかったが、相手が悪かった。ナイフを叩き落とされ、大外刈りの要領で男は一瞬にして組み伏せられた。その場で現行犯逮捕となった。

犯人が侵入した部屋の家主は、大手銀行を退職したばかりの男で、妻と二人暮らしだった。空き巣撃退に感激した夫婦は、池袋署の署長に連絡を入れ、感謝の意を述べたという。その数日後、社会面に川浪の記事が載ったのだ。空き巣を撃退した池袋署の若手署員は、柔道の達人でもあり、大学時代はオリンピックも狙えるほどの逸材と評されていた。そんな記事だった。記事の反響は大きく、激励の手紙やファックスも多く寄せられたという。

一躍時の人となった男が、路上で一般市民に暴行を加えるという事件を引き起こすだろうか。にわかには信じられない事態だ。神崎が携帯電話で被害者が搬送された病院に問い合わせると、診察中だとの回答が返ってきたので、事情聴取に応じられるようになったら連絡がほしいと相手方に伝え、通話を切った。

デスクの上の電話が鳴った。末長はまだ課長と話している様子だったので、神崎が受話器をとった。西口交番の警察官からだった。

「近くのコンビニの店長から連絡がありました。トイレで一人の男が酔い潰れているようです」

その程度のことならば、わざわざ刑事課に連絡してくるほどの事件でもない。続けられた言葉は、半ば神崎が予期したものだった。

「今、コンビニに向かったうちの者から連絡がありました。トイレにいるのは川浪巡査で間違いないとのことです」

二十分後、川浪芳樹は池袋署に担ぎ込まれた。現在は被疑者でもないので、とりあえず医務室のベッドに寝かせた。完全に酩酊《めいてい》状態なので、二人がかりで体を支えなければならなかった。ベッドに横になった川浪は、そのまま鼾《いびき》をかいて眠ってしまった。今、末長は課長と協議中だった。神崎が川浪の近くに立っていると、黒木が医務室に入ってきた。

「えらいことになったな」

黒木はそう言って一本の栄養ドリンクを寄越《よこ》してきた。礼を述べてそれを受けとり、神崎はすぐに飲み干した。まだ夕食さえ食べていない。

「お前も招集されたのか？」

神崎が訊くと、黒木が肩をすくめた。

「いいや。街を機動捜査隊の連中が目の色変えて走ってやがる。何かあったなと勘が働いたのさ」

神崎がかいつまんで事情を説明すると、黒木は腕を組んで川浪を見下ろした。

「本人は呑気《のんき》に夢の中ってわけだな」

末長が医務室に入ってきた。黒木が末長に向かって一礼した。非番の者に用はない。普段ならそんな言葉が出ている場面だろうが、今はそんな余裕はなさそうだ。末長が言った。

「起こせ。すぐに事情聴取する」

その言葉を聞き、神崎は川浪の耳元に口を近づけた。全身からアルコールの臭いが漂っている。「起きろ、川浪巡査。起きるんだ」

何度呼びかけても目を覚ます気配はない。すると黒木がどこから持ってきたのか、ヤカンを手にして川浪のもとに近づいた。そのまま容赦なく黒木はヤカンの水を川浪の顔面に浴びせかけた。鼻に水が入ったらしく、咳き込むようにして川浪が目を覚ました。

末長が前に出て、川浪の前に立った。川浪は濡れた顔を右手でぬぐいながら、上半身を起こした。末長が訊く。

「川浪、ここは署の医務室だ。意識ははっきりしているか？」

「す、すみません。いったい自分は……」

「貴様は西口近くのコンビニのトイレで保護された。記憶はあるか？」

「憶えていません」川浪は首を横に振った。自分が置かれた状況を理解できていないようだ。「夕方から飲み始めました。ついつい酒が進んでしまい……」

「一人で飲んでいたのか？」

「は、はい。一人です」

末長が苦虫を噛み潰したような表情で首を振った。一人で酒を飲み、記憶を失った。彼が暴行事件の被疑者である可能性は高まったといっていい。末長が川浪に向かって厳しい口調で言った。

「よく聞け、川浪。今から一時間前、西口公園近くの路上で一人の男が暴漢に襲われた。柔道の技で投げ飛ばされ、病院に搬送されたんだ。その現場でお前の携帯が発見された。お前がやったのか、やってないのか。俺たちが知りたいのはそれだけだ」

川浪の顔がみるみるうちに蒼白《そうはく》になっていく。末長は続けて言う。

「トイレに行って、胃の中を空っぽにしてこい。そして思い出せ。今夜のお前の行動すべてをだ」

医務室の内線電話が鳴った。一番近くにいた黒木が受話器をとる。二言三言話して黒木が言った。

「病院に搬送された被害者が意識をとり戻したようです」

「よし。神崎、すぐに病院に向かって被害者から事情聴取だ。何かわかったら連絡を入れろ」

「了解しました」

神崎は医務室を飛び出した。後ろから誰かが追いかけてくる気配がした。振り返らなくても、それが黒木であることは神崎にはわかっていた。

「姿を消した？　いったいどういうことですか？」

被害者の運ばれた大塚《おおつか》の総合病院に向かうと、意識をとり戻したばかりの被害者が忽然《こつぜん》と姿を消していた。誰もいない病院のロビーで、女性看護師が困惑気味に経緯を説明した。

「運ばれた当時、脈拍も安定していましたし、目立った外傷もありませんでした。先生の指示で脳のスキャンをして、それからレントゲンを撮ることになりました。ちょうどレントゲンを撮ろうとしたところで、意識をとり戻されたんです。その後、病室に移しました。私が別の患者を看るために病室を出て、五分くらいして戻ってきたときには姿を消していました」

念のため、神崎は訊いてみた。

「身許《みもと》がわかるような所持品はありましたか？」

「いいえ、何も。お財布を探したんですが、何も持っていませんでした」

「彼と会話をしましたか？」

「病室に運ぶ途中で少し。酔っていたので何も憶えていないと仰《おつしや》っていました。自分はヤマダだと名乗ってました」

ヤマダ。おそらく偽名だろう。神崎は被害者の風貌を思い出した。担架に乗せられていたのを一瞬見ただけだが、何の変哲もない若いサラリーマン風の男だったと記憶している。年齢はおそらく二十代だろうか。

「ところで彼の検査結果はどうなのでしょうか？　先生にお会いすることはできますかね」

「申し訳ありませんが、先生は急なオペが入ってしまい、しばらく手が離せないと思います。検査結果でしたら、脳にも骨にも異常はありませんでした。軽度の打撲《だぼく》くらいだと思います」

「そうですか。また事情を伺うことになるかもしれません。お仕事に戻っていただいて結構ですよ」

病院の廊下を去っていく看護師の姿を見送ってから、神崎は腕を組んだ。病院から姿を消した被害者。彼の正体が気になるところではあるが、夜の暴行事件などでは被害者側が名を伏せようとすることも多々ある。会社に知られたくなかったり、教師や公務員などの世間一般でいう堅い職業に就いていたりと、理由は様々だ。

「どう思う？」

神崎は振り向いて、ロビーのソファに座っている黒木に訊いた。黒木は立ち上がりながら答える。

「どうも腑に落ちねえな」

「というと？」

「考えてもみろよ。加害者かもしれない川浪は何も憶えていない。そして被害者も何も言わず姿を消した。何かこう、すっきりしねえだろ」

その通りだ。釈然としない何かが神崎の胸の中にも漂っている。しかし考えようによっては解決に一歩近づいたとも言える。被害届が出ないのであれば、事件の立件そのものが難しくなるのだ。たとえ川浪の犯行であっても、彼自身は罪に問われることはない。

病院の夜間専用通用門から外に出た。すぐに携帯電話で末長に状況を報告する。

「ところで係長、川浪は何か喋りましたか？」

神崎が訊くと、末長が言った。

「何も憶えていないの一点張りだ」

電話を切り、路肩に駐車してある覆面パトカーのもとに小走りで戻った。黒木は助手席のドアにもたれて煙草を吸っている。末長との会話の内容を話すと、黒木が煙を吐き出しながら言う。

「奴は何かを隠しているんじゃねえか」

「なぜそう思う？」

「勘だよ、勘。それに被害者が姿を消したからって、喜ぶのはまだ早い。明日になったら気が変わって、弁護士と一緒に署に乗り込んでくる可能性だってある」

黒木の言わんとしていることは理解できる。やはりここは川浪の口を割らせるべきだろう。

「仮にこのまま被害届が出されなかったとしても、川浪には何らかの処分が下る。おそらく来週の試合は絶望的だろうよ」

そう言って黒木は覆面パトカーに乗り込んだ。神崎も運転席側に回り込み、ドアを開けて車内に乗り込む。エンジンをかけようとしたところで、携帯電話の着信メロディが鳴った。黒木はすぐに携帯電話で話し始める。

「どうも大将。さっきはありがとね……えっ？　見つけた？　間違いないっすか？……わかりました。恩に着ます」

車を発進させようとすると、助手席から黒木の手が伸びてきて、ハンドルを握った。

「待て、神崎。面白いものが見られるかもしれないぞ」

黒木は体を捻《ひね》り、後部座席から一台のノートパソコンをとって膝の上に置いた。

黒木がインターネットでアクセスしたのは、神崎も知っている大手の動画投稿サイトだった。キーボードを操りながら、黒木が言った。

「さっきまで鰻屋にいたんだ。最近仲よくなったホステスと一緒にな」

黒木は自他ともに認める美食家で、たとえば張り込みの際にもパンではなく、鰻重や寿司折りを持参するような男だ。飲食店を制する者は情報を制す。それが黒木の信条らしい。

「いくつかの動画サイトを監視するように、鰻屋の大将に頼んでおいたんだ。もしさっきの暴行現場の映像がネットに流れたら、すぐに連絡をくれるようにな。おっ、これだな」

ディスプレイに映像が出た。すぐにそれがどこなのか、神崎にはわかった。池袋西口公園だ。画面の奥に東京芸術劇場が見える。撮影者はどうやら路上ライブをする二人組の素人バンドを撮影しているらしいが、まだ機材の調整中のようでライブは始まっていない。ギターのチューニングをする二人の男が画面に映し出されている。

「それにしてもおかしな世の中になったもんだな。まだ事件が発生して数時間しかたっていないってのに、こうして事件の映像がネットに出回り、誰でも見ることができるんだぜ」

黒木の言葉にうなずきながらも、神崎は映像に意識を集中させた。映像はまだ、ギターをチューニングする二人組に焦点が合わせられている。それから三十秒ほどしてから、映像に変化が現れた。

まず聞こえたのは男の怒鳴り声だ。それに呼応し、撮影者が体の向きを変えたのか、映像が激しくぶれた。やがて路上に立つ二人の男に焦点が合い、映像がズームされる。公園の木々の陰になり、男たちの風貌までは認識できない。次の瞬間、大柄の男がいきなりもう一人の男の首元に手を伸ばし、ぐっと引き寄せた。男の体が綺麗に宙に舞い、アスファルトに叩きつけられる。居酒屋の店員の証言通り、見事な背負い投げだった。しかしこれは――。

「黒木、巻き戻してくれ。できればスローで」

「お前も気づいたようだな」

黒木がそう言って、キーボードを操った。背負い投げで男が宙を舞う映像が、もう一度再生される。神崎が着目したのは、投げている大柄の男ではなく、投げ飛ばされている男の方だ。アスファルトに叩きつけられる寸前で、神崎は声を上げる。

「止めてくれ」

被害者、投げられている男の右手が、ピンと伸びている。やはり間違いなかった。隣で黒木が言った。

「こいつは完璧に受け身をとっている。おそらくダメージはほとんどないだろう。あったとしても右手の打撲程度だろうな」

「襲った方も襲われた方も、たまたま柔道の経験者だった。そう考えるのは無理があるな」

「当たり前だ。こいつは仕組まれたものだ。問題は誰が何のためにそんな真似をしたか、だ」

黒木が画面をスクロールさせ、コメント欄に目を通していく。すでに数十件のコメントが寄せられていて、『ヤバい、ガチだ』とか『池袋怖い』などと多数書き込まれている。その中で神崎は気になるコメントを見つけた。黒木も同様らしく、スクロールする手を止めた。

『犯人は池袋署の警察官らしい』

そういうコメントが残されていた。書き込まれたのは今から十分ほど前で、すでにそのコメントに対する返信も多く書き込まれている。『マジで？』とか『明日の朝刊が楽しみ』といった内容だった。

神崎は携帯電話をとり出し、池袋署の総務課に電話をかけた。電話に出た署員に事情を説明すると、すでに川浪の一件が耳に入っているようで、すぐに映像の削除を依頼すると興奮気味に言った。神崎が電話を切ると、黒木がノートパソコンを膝の上で閉じて言う。

「現場で川浪の携帯が見つかったことは、警察関係者しか知らない事実だ。うちの誰かが情報をリークしたのでなければ、考えられるのは一つしかない」

「つまりあのコメントを書き込んだのが、携帯をあの場に置き去った張本人ってことだ」

あの西口公園で発生した暴行事件は、川浪に罪をなすりつけるための自作自演のものなのだ。しかしなぜ川浪はそれを否認しないのか。それとも本当に酔い潰れて何も憶えていないだけなのだろうか。仮にそうだとしたら、いくら非番だといっても記憶を失くすほど飲むなど、警察官としての自覚に欠ける。

「いずれにしても」神崎は言った。「犯人の動機は川浪に対する恨みだな。そうとしか考えられない」

黒木がシートベルトを締めながら言った。

「川浪は八月の一件で一躍ヒーローになった。柔道が得意な、町のスーパーお巡りさんだ。そんなヒーローに恨みを抱く人物。心当たりはないか?」

署内では温かい目が川浪に対して向けられていたような気がする。ただし警察官といっても人間なので、嫉妬《しっと》に駆られることだって往々にある。他人の栄誉を素直に喜べない人間だっているだろう。嫉妬心から川浪を嵌《は》めようとした者が池袋署のどこかにいるのだろうか。

「難しく考えることはないぜ、神崎」助手席で黒木が言った。「簡単なことだ。ヒーローを恨んでいるのは、彼に退治された悪者だよ」

三十分後、神崎は椎名町《しいなまち》にいた。黒木も一緒だった。路肩に覆面パトカーを停車させて、あるアパートを見張っていた。

すでに時刻は深夜零時になろうとしているが、金曜日ということもあってか、まだ通りに人の往来は絶えない。

「それにしても、あの事件の調書をとったのがお前だったとはな」

神崎がそう言うと、黒木が助手席で笑った。

「川浪から窃盗犯逮捕の連絡が入ったとき、俺以外はみんな出払っていたんだ」

今年の八月、川浪に現行犯逮捕された窃盗犯の名前は、土橋和哉《どばしかずや》という二十五歳の男だった。黒木の取り調べに対して、金目当ての犯行であったことを素直に自供したという。土橋は東池袋の会員制バーでバーテンダーの見習いをしており、そこの常連客である男に目をつけたらしい。銀行を退職したばかりのその男は、酔うと自分の切手コレクションを自慢し、テレビの鑑定番組で八百万円の価値をつけられたことを何度も話した。先輩バーテンダーと談笑する男を横目で見ながら、土橋は計画を練ったのだ。

「土橋って奴は純朴そうな男でな、初犯だったこともあり執行猶予がついたんだ。あっ、来たぞ。あの男だ」

黒木の言葉を受け、神崎はフロントガラスの前方に目を向けた。黒っぽい服を着た一人の男が、白い袋を持ってアパートの中に入っていく。さきほど部屋のドアをノックしてみると不在だったが、どうやら近くまで買い物に出ていただけのようだ。

土橋の部屋の電気が灯るのを見届けてから、神崎は黒木とともに覆面パトカーから降り立った。足音を忍ばせてアパートまで向かい、外階段を上る。土橋の部屋は二階の一番奥の部屋だった。黒木がドアをノックする。

「土橋さん、池袋署の者です。ドアを開けてもらえませんか？」

しばらく待っても応答はない。黒木がガラリと口調を変えて呼びかける。

「土橋、俺だ。池袋署の黒木だ。憶えているだろ。いるのはわかってんだよ。わざわざ大家を叩き起こすようなことはしたくねえ。開けてくれ」

ドアの向こうで足音が聞こえ、やがてドアが開いた。黒木が体を部屋の中に入れる。その肩越しに中を見ると、眼鏡をかけた痩せた男がそこに立っていた。担架に乗せられた被害者は眼鏡をかけていなかった。面立《おもだ》ちは似ているような気がするが、同一人物だと決めつける証拠はない。

「おっ、夜食の途中だったのか」黒木は断りもなく靴を脱ぎ、中に上がり込んだ。

「悪いな、こんな遅くに。こいつは俺の同僚の神崎だ。どうした、神崎。遠慮しないで上がれよ」

テーブルの上にコンビニエンスストアで買ったらしき弁当が置いてあった。土橋は困ったように座り込んだ黒木を見下ろしている。

「く、黒木さん。いったい何の用なんですか？」

「ちょっと近くまで来たもんでな。その右手、どうかしたのか？」

土橋の右手首に肌色の湿布が貼られていた。土橋は長袖《ながそで》シャツの袖を引っ張り、湿布を隠すような仕草をした。「ちょっと転んでしまいまして」

「いいから座れよ、土橋」黒木がそう言うと、土橋はその場で正座をした。黒木が続けて言う。「実はな、土橋。今夜九時過ぎに池袋で暴行事件が起きた。被害者は行方をくらまし、現場に落ちていた携帯電話から、川浪という警察官が疑われている。お前も憶えているよな、お前を逮捕したあの警察官だ」

土橋は黙ったまま、床の一点を見つめている。

「被害者の男はサラリーマン風の二十代の男性だが、その素性は何もわかっていない。お前くらいの体型だったかな。すでに野次馬の一人が暴行の現場を動画サイトにアップして、多数の書き込みが寄せられている。その中に警察関係者、もしくは事件の当事者しか知り得ない情報が書き込まれているんだ」

「土橋さん」そこで神崎は口を挟んだ。「動画投稿サイトの運営会社にはすでに動画削除の依頼をしてあります。事件性の高い書き込みであれば、アドレスなどから個人を特定することもできるんですよ」

土橋がその場に突っ伏し、涙声で言った。

「す、すみません。俺です。俺の仕業です」

「そんなに川浪のことが憎かったのか？」

黒木が訊くと、土橋が声を詰まらせながら答えた。

「……悔しかったんです。俺、こう見えても高校まで柔道やってて、腕には多少の覚えがあったんです。それがあんなに簡単にやられちまって……。そんで例の新聞記事であいつのことを知って、悔しくなったんです。新聞の写真の中で、あいつ、楽しそうに笑ってやがって。まるで俺が馬鹿にされてるみたいに思えてきて……」

「それで悪戯を仕掛けたんだな。ところでお前を投げ飛ばした奴は何者だ？」

「高校の同級生です。一緒に柔道やってた奴です」

土橋は現在アルバイトで生計を立てていた。川浪に復讐する計画を立て、暇なときは川浪を見張っていた。今夜、川浪がかなり酔っ払った状態でいるのをある場所で見かけた。これほど無防備な川浪の姿を見たのは初めてだったので、計画を実行に移すのは今夜しかないと決意したらしい。

「そういうことか」土橋の告白を聞き終え、黒木はすっかりリラックスした口調で言う。「悪いが土橋、お前には署に来てもらうぞ。正直に話せ。再会した高校の同級生と口論になり、投げ飛ばされたってな」

「黒木、お前……」

「いいんだよ、神崎。だってそういうことじゃねえか。川浪が黙りこくっているのは、あいつが勝手にやっていることだ。それより土橋、どうしても教えてほしいことがあるんだよ」

土橋に向き直って、黒木が訊く。

「重要なことだ。お前、どこで川浪の携帯をくすねたんだ？」

池袋署に土橋を連行し、係長の末長に事情を説明した。すでに深夜一時になろうとしていた。黒木は土橋に対して暗に裏の事情を言わないようにほのめかしたが、神崎はどうしてもそれができず、包み隠さずすべてを話した。隣で黒木が舌打ちをするのが聞こえたが、やはり土橋たちのとった行為は悪戯にしては度を越している。土橋を投げ飛ばした人物もすぐに特定され、別の刑事が事情聴取に向かうことになった。

末長への報告を終え、神崎は黒木と一緒に医務室に向かった。廊下を歩きながら、神崎は黒木に訊く。

「なぜだ？　なぜ川浪を連れ出す必要がある？」

末長は反対したが、黒木が強引に押し切る形で、医務室にいる川浪を外に連れ出す許可を得た。廊下の奥に医務室のドアが見え、ドアの前には一人の警官が立っていた。見張りを立てられているようだ。

「あいつがなぜ何も言わないか。その謎がまだ残っているだろ。このままでも構わないが、もしもあいつが何か人に言えない悩みを抱えているなら、それを聞いてやるのも先輩としての務めってもんだろ」

見張りで立っていた警官に事情を説明し、医務室の中に入った。川浪は神妙な面持ちでベッドの上に正座している。かなり酔いは醒めたようだが、それでもまだアルコールは残っているらしく、目の周りが赤い。

「川浪巡査。俺と一緒に来い。これは命令だ」

黒木の言葉を聞き、川浪は弾かれたように立ち上がり、革靴をはいた。それから上着を着て、ドアの前までやってくる。

「何も言わず、俺たちについてこい。いいな」

廊下を歩き、エレベーターで一階まで降りた。夜間専用口から外に出る。黒木を先頭にして、劇場通りを北に向かって歩く。時刻は深夜一時を回っているが、まだ金曜日の池袋としては浅い時間だ。通りは酔っ払いたちで溢れ返っている。

マルイの裏手の路地に入り、雑居ビルのエレベーターに乗った。どこか川浪の様子がおかしかった。

辿り着いたのはダイニングバーだった。ボーイに個室へと案内される。池袋にしては落ち着いた店だった。ボーイに向かって、黒木が素早く注文する。

「俺は生ビール。それからこの二人にはウーロン茶。神崎、その顔は何だよ。お前と違って俺は非番なんだぜ」

川浪はそわそわと落ち着きがない。その様子を見て、黒木が言う。

「なあ、川浪。結構洒落た店を知ってんじゃねえかよ。俺も知らなかったぜ。今度使わせてもらう」

川浪が体を震わせた。土橋和哉が川浪から携帯電話を盗んだ場所は、この店の店内だった。今から五時間ほど前、川浪はこの店で飲んでいたのだ。

土橋は川浪を陥れるため、何としても川浪の所持品を手に入れる必要があった。現場に残すためだ。そこで土橋は夕方からずっと川浪のことを見張っていた。東口交番での勤務を終えた川浪はいったん署の寮に戻ったが、すぐに私服に着替えて外に出た。そして川浪が入ったのがこの店だったのだ。

「観念しろよ、川浪」運ばれてきたビールを一口飲み、黒木が言った。「お前をこの店で目撃している奴がいるんだ。カウンターでかなりのハイペースで飲んでいたみたいじゃねえか。いったい誰と一緒だったんだ？」

「……すみません。それだけは勘弁してください」

うなだれたまま川浪が言った。消え入るような声だった。署の柔道場と剣道場は隣合わせなので、神崎も早朝稽古のときに何度か川浪の姿を見かけたことがある。そのときの迫力が嘘のように、川浪は畏縮《いしゅく》していた。

「仕方ねえな。じゃあ推理してやる。こう見えても俺たちは刑事だからな、それも優秀な部類に入る。では神崎、考えてみようじゃないか。川浪が発見された場所は？」

黒木に訊かれ、神崎は答えた。

「西口近くのコンビニのトイレの中だ。ここから歩いて三分もかからない。発見されたときは酩酊状態にあった」

「川浪だって警察官の端くれだ。それなりに酒には鍛えられてきたことだろう。そんな男が酔い潰れるほど飲んでしまった。考えられる可能性は？」

「そうだな。失恋でもして自暴自棄になった。そういう可能性も考えられるが、それなら寮の自室で一升瓶《いっしょうびん》かっ食らった方が安上がりだ。目上の者に勧められた、というのはどうだ？　絶対に断ることができない相手に、ひたすら飲まされたんだ」

「いい線ついてると思うぜ。目上の者、か。考えられるのは署の上司か先輩だが、それなら隠す理由がない。となると……」

神崎はすでに黒木が辿り着こうとしている結論が見えていた。柔道大会を来週に控えたこの大事な時期、川浪は絶対に他人には言えないような人物から酒の誘いを受けていた。先輩の命令には絶対服従。川浪には骨の髄までその精神が叩きこまれている。

「川浪、たしかお前は東洋《とうよう》体育大学の卒業生だったよな」わざとらしい口調で黒木が言う。芝居に飽きてしまったのか、黒木が単刀直入に切り出した。「城東署の市村。お前がさっきまでここで一緒に飲んでいたのは、城東署の市村だな」

城東署は来週末の警視庁柔道大会の初戦で当たる対戦相手だ。しかも市村は城東署の大将格で、おそらく川浪とは大将戦で激突することになる。その市村が大学時代の後輩である川浪を呼び出した理由は、うっすらと想像がついた。

市村の名を耳にして諦めがついたのか、川浪がウーロン茶を一口飲んで言った。

「その通りです。自分は今日、市村先輩からここに呼び出されました」

川浪が大学に入学したとき、市村は四回生だった。上下関係の厳しい体育会系の世界では、まさに神と下僕のような間柄だった。川浪が頑なに記憶がないと言い張ったのも、市村との密会を誰にも知られたくなかったからだ。対戦相手同士が大会前に顔を合わせる。そんなことを知られたら、八百長だの何だのと痛くもない肚《はら》をさぐられるのは確実だ。

「それで、市村はお前に負けてほしいと言ったのか?」

黒木がずばりと核心に触れたが、川浪は曖昧に笑うだけだった。

「いえ、そういったことは別に。大学時代の昔話とか、今の職場の話をしていました。でも市村先輩、本部に行くのが夢みたいで、来週の柔道大会で結果が残せたら、希望が見えてくるかもしれないと言ってました」

本部というのは警視庁のことだ。黒木が苦笑しながら言う。

「お前、鈍い奴だな。遠回しにお願いされてるじゃねえか」

たしかに黒木の言う通りだ。大会を来週に控えたこの時期、わざわざ対戦相手となる後輩を呼び出し、一緒に酒を飲む。手心を加えてくれとお願いしているようなものだ。

「自分だってわかってました」川浪が語気を強めて言った。「だから困っているんです。もしも大将戦の前に勝敗が決していたら、勝ちを譲るくらい平気です。お世話になった先輩ですから。でも五分五分のまま大将戦になったら、どうすればいいんだろうと思って……」

神崎にも世話になった剣道の先輩は多々おり、そのうち数人は警視庁管内で現職警察官として働いている。その誰かに大会で勝ちを譲れと言われたら、どうするだろうか。それに、と神崎は川浪を見た。こいつはまだ警察学校を卒業して三年ほどの若者だ。判断に迷うのも無理はない。

「そんなに悩む問題じゃねえだろ」黒木が軽い口調で言った。「先輩に頼まれたんだろ。負けてやればいいじゃねえか。コロリと負けてやれよ、コロリと」

池袋署に来て驚いたことがある。それは黒木という存在が池袋署で受け入れられているということだ。出る杭は打たれるのが世の常だが、黒木は自分のペースを崩していない。しかも黒木には実績が伴っていて、検挙率は常にナンバーワンらしい。だからこうして川浪を外に連れ出すこともできるのだ。

「おい、黒木。それは違うだろ」

「いいんだよ、神崎。もし負ければ、市村って野郎はまたこいつを呼び出すぜ。そして感謝されて、間違いなく旨いものを食わせてもらえるだろう。ことによると女くらい紹介してもらえるかもしれない。至れり尽くせりだろ」

「そうかもしれないけどな……」

「警察官人生は長いからな。それに柔道の大会だって年に何度もある。そのたびにこいつは市村に呼び出されて、ただ酒を振る舞ってもらえるわけだ。羨ましい話じゃねえか」

「待ってくださいよ」川浪がテーブルを叩いた。「自分、奢ってほしいとか、女を紹介してほしいとか、そんなことは思っていないです。どうしたらいいか……それがわからないだけなんです」

「簡単なことだ、川浪」

黒木がグラスのビールを飲み干し、テーブルの上に身を乗り出した。真剣な顔つきで言う。

「死んでも勝て」

新木場《しんきば》の体育館は熱気に包まれている。各署の署員や出場する選手の家族たちが、熱い声援を送っている。すでに一回戦は始まっており、池袋署対城東署の戦いも中堅戦まで進んでいた。白熱した試合が続き、大将戦までもつれ込みそうだった。

神崎の斜め前の席には署長の姿も見える。普段は口を利くこともない幹部だが、今日は応援の輪に溶け込み、周りと一緒になって声を張り上げていた。強行犯係も非番の者はほとんどが応援に駆けつけているが、その中に黒木の姿だけはない。昨夜、別れ際に訊ねてみると、素っ気ない答えが返ってきた。明日の福島記念に俺の応援している牝馬が出るんだよ。ラッキーモモカっていう馬でな、前に付き合っていた桃香《ももか》を思い出すんだ。

池袋署のゼッケン番号一番が柔道場の脇でアップをしている。大将の川浪芳樹巡査だ。川浪とはあの夜以来、言葉を交わしていない。入念に股割りをする川浪の胸中を思い、神崎は少し心配になる。奴は吹っ切れただろうか。

相手方、城東署の大将である市村は、まだ正座を崩していなかった。後輩ごときに負けるわけがない。そんな自信が漂っているようにも見受けられる。

「神崎さん、これよかったらどうぞ」

隣に座っている鑑識課の若手職員がスナック菓子の袋を差し出してきたので、神崎は礼を言って菓子をつまむ。鑑識課の男は柔道の試合にはあまり興味はないようで、さきほどから持っているオペラグラスで観客席を眺めている。可愛い子がいないか、物色しているようだ。課の上司に言われて無理矢理応援に駆り出されたのだろう。

四試合目の中堅の試合が終わり、池袋署の優勢勝ちとなった。試合は七試合の団体戦だ。まだ何が起こるかわからない。

「神崎さん、ちょっと見てくださいよ」

隣の鑑識課の男からオペラグラスを渡された。神崎が覗き込むと、隣で声が聞こえた。

「南東の上の方です。Ｂ４っていう数字が書かれている柱の近くです」

指示に従い、Ｂ４の柱を探す。観客席は上に行くにつれて客の姿もまばらになる。Ｂ４の柱は観客席の一番上で、客はほとんど座っていない。

一人の男が柱の近くの座席に座っていた。黒木だった。黒木は競馬新聞を丸めて持ち、耳にはイヤホンが挿《さ》してある。おそらく競馬中継を聞いているのだろう。黒木の目は真剣そのもので、試合がおこなわれている柔道場に向けられていた。

第三話　幽霊

さきほどまで晴天だった空が嘘のように、窓の外はどんよりと曇っていた。今にも雨が降り出しそうな気配だった。今朝見たニュースの予報では晴れマークがずらりと並んでいたが、天気予報が外れることだってある。

神崎隆一は署の自席で書類の作成に追われていた。ほとんどが当直の晩に起きた傷害事件などの報告書だ。完成した報告書をプリントアウトし、それをとるために立ち上がったところで、真向かいの席で溜め息が聞こえた。同僚の黒木だった。

「どうした？　また女にでもフラれたのか？」

神崎が茶化すように言っても、黒木は何も答えなかった。よく見ると顔色が悪いような気がするし、目も真っ赤に充血していた。あまり黒木のこういう表情は見たことがない。

プリンターから報告書をとり上げてから、神崎は再び黒木に訊いた。

「大丈夫か？　何かあったなら相談に乗るぞ」

「神崎。そう言ってくれるのはお前だけだよ。やはり持つべきものは同期だな」

「だから何なんだよ。いったい何があった？」

黒木はあたりを見回して、周囲に聞き耳を立てている者がいないことを確かめてから小声で言った。

「出るんだよ」

「出るって何が？」

「幽霊に決まってるだろうが」

思わず噴き出しそうになってしまったが、黒木が真顔で言っているので詳しく話を聞いてみることにする。

「どこに出るんだよ」

「マンションだよ。女の啜り泣く声が聞こえるんだ。毎晩のようにな。おちおち眠ってもいられねえ」

「風の音じゃないのか？」

「いいや、違う。女の啜り泣く声だ。マジでついてねえよ。引っ越したばかりだっていうのによ」

今から一週間ほど前、黒木が中落合《なかおちあい》のマンションに引っ越したのは知っていた。神崎も引っ越しを手伝う約束をしていたが、急な仕事が入ったために行けなかった。間取りがいい割りに家賃が安く、掘り出し物だと黒木が喜んでいたのを憶えている。

「でも意外だな。お前が幽霊を信じるタイプの人間だとはな」

神崎がそう言うと、黒木は眉間に皺を寄せた。

「俺だって信じちゃいなかったさ、幽霊なんて。でも今度のはマジだ。思い出したんだよ。うちの死んだばあちゃんが霊感の強い人でな、よく人魂《ひとだま》とかを見たらしい。隔世遺伝で俺に遺伝しちまったのかもしれない」

「この年になってか。それも変な話だろ」

「だから霊感が覚醒したんだよ。洒落じゃねえぞ、俺は本気で言っているんだぞ」

たしかに黒木が心の底から幽霊に怯えている様子は伝わってくる。

「訳あり物件ってことはないのか？　たとえば人が死んだ部屋だとか……」

「そういう話は聞いていない」

「引っ越せばいいだろ。それが一番だ」

「簡単に言ってくれるじゃねえか、神崎。礼金やら手数料やらでいくら払ったと思ってんだよ。お前が用立ててくれるっていうなら話は別だけどな」

神崎は腕時計を見た。午後三時を過ぎたところだった。このまま大きな事件が起きなければ定時に上がることができるだろう。

「わかった。お前の言っていることが本当かどうか、確かめてみよう」

「本気か？　もしかしたらお前まで呪われちまうかもしれねえぞ」

正直気は進まない。幽霊なんて非現実的なものを神崎自身は信じていないが、さすがに己の身でそれを確かめるのは気が重かった。

「そういえば、富田《とみた》の野郎、今月が誕生日だったんじゃねえか」

黒木が目を光らせて言った。黒木の意図するところを察し、神崎はうなずいた。

「そうだな」

「呼び出してみよう。あいつの誕生日を祝ってやろうじゃないか」

「異議なし」

黒木がスーツのポケットから赤い携帯電話をとり出した。それをデスクの上に置き、もう一台の黒いスマートフォンを手に持って、メールを打ち始めた。黒木はずっと携帯電話を二台持っていたが、先月スマートフォンに切り替えたのを機に一台に集約していた。神崎は赤い携帯電話を指さして訊いた。

「この携帯は？」

「もらったんだ」

「もらったって、誰に？」

「野暮なこと訊くなよ、神崎。いつでも俺と連絡をとりたいからって女がくれたんだよ。男を束縛したいタイプの女なんだよ」

言葉を失う。今までこの男はどれだけの女を泣かせてきたことか。今度の幽霊にしても、もしかすると自業自得ってやつかもしれない。神崎は溜め息をついて、自分の席に戻った。

雨が降り始めたようで、窓ガラスに細かい雨粒が流れていた。


「なかなかいい部屋じゃないか、黒木」

焼酎の水割りを飲みながら、富田が言った。たしかにいい部屋だ。駅からも近く、リビングも広い。これで女の幽霊が出なければ、まずまずの物件だ。

「だろ？　格安の物件なんだ。いいから飲めよ、富田。今日はお前の誕生日祝いなんだから」

そう言って黒木は富田のグラスに焼酎を注いだ。富田の顔は真っ赤になっている。

富田光晴《みつはる》は警察学校の同期だった。警察学校時代にひょんなことから親密になり、今でも交流が続いている。富田は今、西東京市の田無《たなし》駅前交番に勤務している、実直な性格の男だ。

「お前、まだ走ってんのか？」

黒木が訊くと、富田が赤い顔でうなずいた。

「うん。当たり前じゃないか。明日も走るよ。非番だからね」

「今でもお前の走りは目に焼きついているよ。なあ、神崎」

「ああ。その通りだ」

富田は大学時代に陸上部で長距離を専門に走っていて、警察学校時代の朝のジョギングでは常にトップだった。神崎も走りにはある程度の自信があるが、富田には白旗を上げざるを得ない。しかも今でも毎日走っているのであれば、その差は歴然としていることだろう。

「憶えてるか、俺たちの同期でさ……」

話は自然と警察学校時代の同期たちの噂話になり、ひとしきり盛り上がった。二時間ほど飲み続けていると、富田は船を漕ぎ始めた。時刻は深夜零時になろうとしていた。

黒木が目配せを送ってきたので、神崎は立ち上がった。物音を立てないように空いたグラスなどをキッチンに運んだ。その間に黒木はクローゼットから毛布をとり出し、仰向けになって眠っている富田の腹にそれをかけた。電気を消して、足音を忍ばせて部屋から出る。

富田を実験台にすることに罪悪感を覚えたが、それを振り払って黒木のマンションをあとにした。黒木とはマンションの前で別れた。黒木はビジネスホテルに泊まると言っていたが、どうせ女の部屋にしけ込むつもりだろうと思い、神崎は自分のマンションに帰宅した。

あっという間に朝が来て、神崎は再び中落合にある黒木のマンションに向かった。すでに黒木はマンションの前にいた。エレベーターで黒木の自室のある二階まで上がり、部屋のドアの前に立つ。インターホンを押すと、しばらくしてドアが開いた。富田が顔を出した。その顔色は青白かった。恨めしそうな口調で富田が嘆いた。

「どこに行ってたんだよ、黒木。何度も携帯に電話したんだぞ。帰ろうにも鍵はないし、まさか鍵を開けたまま帰ってしまうのも物騒だと思ったし……」

「悪い悪い」悪びれた様子は微塵も感じさせない口調で黒木が言った。「お前が寝ちまったもんだから、神崎と飲みに出たんだよ。一人にして悪かったな」

「先に寝てしまったのは俺の責任だし、何も言えないけどさ……」

富田の口調は歯切れが悪かった。何かを言いたげな、そんな口振りだ。神崎は何食わぬ顔をして富田に訊いた。

「富田、目が赤いぞ。昨日はぐっすり眠れなかったのか?」

「うん、まあね」富田は黒木の顔色を窺ってから言った。「馬鹿なことを訊くようだけどさ、黒木。この部屋で変な音とか聞いたことないか?」

「変な音? 具体的には?」

黒木が先を促すと、富田が言った。

「俺、聞いたんだよ。女が啜り泣くような声だ。あれは空耳なんかじゃない。幽霊だよ、幽霊が出たんだよ」

「だから言っただろ、神崎。この部屋には幽霊が出るんだよ、確実にな。俺と富田、証人は二人も揃ってんだ」

場所を黒木の部屋の中に移していた。自分が騙されたことを知り、富田が非難の声を上げたが、何とか宥《なだ》めることに成功した。黒木が淹れたコーヒーを飲みながら、富田は背中を丸めてフローリングの上に座っている。改めて富田に対する罪悪感を覚えた。部屋に一人とり残され、そこで一晩中女の啜り泣く声に悩まされるなど、歓迎できない体験だろう。

「やっぱり幽霊はいるんだよ。なあ、富田。金貸してくれねえか。お前、給料ほとんど貯金してるんだろ。一生に一度のお願いだから」

「何でだよ。何で俺が黒木の引っ越し費用を用意しなければならないんだ。自業自得ってやつだろ。これまでに泣かせた女の祟りじゃないか？」

「身に覚えがないとは言えん。だが俺と別れたあとで死んだ女に心当たりはない。富田、冷たいこと言わねえで金貸してくれよ」

二人のやりとりを聞き流しながら、神崎は思案した。この部屋で女の啜り泣く声が聞こえたというのは事実だろうが、それを幽霊の仕業と決めつけるのは早計だった。絶対に何かカラクリがあるはずだ。

「待てよ、黒木」神崎は二人のやりとりに口を挟む。「そう簡単に幽霊の仕業と決めつけるわけにはいかないだろ。俺たちは曲がりなりにも警察官だぞ。幽霊にビビっている刑事なんてとんだお笑い草だ」

「じゃあ神崎、お前が証明してみせろ。幽霊がいないってことをな」

「ふざけるな。ここはお前の部屋だ。自分で何とかしろ」

神崎がにべもなく断ると、黒木が挑戦的な視線を向けてきた。

「だったら賭けをしないか。お前がこの幽霊の謎を解いたら、あの自転車をくれてやる。お前、欲しがっていたじゃないか」

黒木の視線の先に、一台の折り畳み式の自転車があった。半年ほど前、職場の同僚の結婚式の二次会で、黒木がビンゴゲームで引き当てた外国製のものだった。まったく乗っていないことは明らかで、部屋のオブジェと化してしまっている。

悪くない提案だ。どうせ幽霊なんているわけがない。自分が乗り気になっていることを知り、神崎は内心苦笑した。また黒木のペースに乗せられているようだ。

「わかったよ。俺がこの謎を解いたら、その自転車をくれるんだな？」

神崎が念を押すと、黒木がにやりと笑って答えた。

「ああ。刑事に二言《にごん》はない」

「わかった。じゃあ早速……」

「慌てるなよ、神崎。もしお前が謎を解けなかった場合、もしくは俺が謎を解いた場合、百合《ゆり》ちゃんとデートしろ」

「何だと？」

百合子というのは職場の上司の娘のことだ。先月、懇親会という名目でおこなわれた課のバーベキュー大会で出会ったOLだ。すっきりとした顔立ちの美人で、同じ大学の同窓生ということもあり話も弾み、電話番号を交換した。しかしそれから先は進展がない。日々の捜査で忙しく、彼女を食事に誘っている暇もなかった。

「俺の見立てだと、絶対に百合ちゃんはお前に気がある。神崎、俺たちもいい年だ。仕事もいいけどプライベートも充実させないとな」

まあ食事に誘うくらいなら問題ない。神崎はうなずいた。

「いいだろう。では早速捜査に入る」

神崎はスーツのポケットから白い手袋をとり出し、両手に嵌めた。

「幽霊なんて存在しない。そういう観点に立てば、考えられるのは二通りだ。風の音などが女の声に聞こえてしまった場合、つまり自然現象だな。もう一つは人為的なもので、何者かが意図的に女の声を聞かせたんだ。富田、女の声はどこから聞こえた？」

「あっちかな」

富田が指差した先はキッチンだった。神崎はキッチンに向かった。

「ではここから探そう。富田、手伝ってくれ」

二人でキッチンの周りを探してみたが、めぼしいものは見つからなかった。まだ入居して間もないためか、戸棚などは空っぽだった。そもそも黒木が料理をするという話は聞いたことがない。神崎が流し台の下の水道管のあたりを覗いていると、頭上で声が聞こえた。

「ここに何かある」

顔を上げると、富田はガス台の上にある換気扇を外し、そのダクトの中に右手を突っ込んでいた。ガス台には汚れ一つない。

「とれたぞ」

そう言いながら、富田は慎重に右手をダクトの中から出した。その手に握られていたのは、ポータブル再生機だった。大きさはティッシュペーパーの箱程度で、ガムテープが剥がされた跡が残っていた。ガムテープでダクト内に固定されていたと考えていい。あっけない幕切れだが、これが幽霊の正体だ。

富田がポータブル再生機をリビングのテーブルの上に置いた。黒木も煙草をくわえたまま立ち上がり、三人でテーブルを囲んだ。神崎が再生ボタンを押すと、しばらくしてスピーカーから女の啜り泣く声が聞こえてきた。三十秒ほどすると女の声は途切れてしまった。開閉ボタンを押すと、蓋が開いて一枚のＣＤが入っていることがわかった。それを指でさしながら神崎は言った。

「やはり幽霊なんていなかったんだよ。おそらくホラー映画か何かから録音した音源を、このCDに焼いたんだろう。リモコンを使えば、外から再生することも可能だ。この部屋は二階だから、一階からでもリモコンの電波は届くはずだ。まあ、性質《たち》の悪い悪戯だな」

神崎はそう結論づけて、手袋を外しながら立ち上がった。玄関に向かい、壁に立てかけてある折り畳み自転車のハンドルに手を置いて言った。

「これはもらっていくぞ、黒木。この勝負、俺の勝ちだ」

自転車のハンドルを摑んで持ち上げようとすると、背後で黒木の声が聞こえた。

「まだだ。まだ謎が解けたとは言えない」

振り向くと、黒木が口元に笑みを浮かべながらテーブルの灰皿で煙草を揉み消した。

「何を言ってる？　幽霊の正体はわかっただろ」

「まだ十分じゃない。誰が、何のためにこれを仕掛けたのか。その謎を解かない限り、完全ではない」

「だから性質の悪い悪戯だって言ったろ。お前が泣かせた女の一人が仕返しのためにやったことだ。身に覚えがないとは言わせない」

「このマンションはオートロックだ。いったいどうやって仕掛けたっていうんだよ。まだこの謎は解かれていない。誰が、なぜ、どのようにしてこいつを俺の部屋に仕掛けたのか。まだお前は真相に辿り着いていないんだよ」

まったく。神崎は内心溜め息をついて、自転車のハンドルから手を離した。だが、たしかに黒木の言わんとしていることもわかる。

時計に目を落とす。午前八時を回ったところだった。今日は休みだった。黒木と富田もそうらしい。

「わかった。ちょっと外に出てくる」

神崎はそう言って、玄関に置いてある革靴に足を入れた。


「もしかして、何かあったんですか?」

神崎は目白《めじろ》の不動産会社に来ていた。黒木に例の部屋を斡旋《あっせん》した不動産会社だった。受付で担当者を呼び出すと、平野《ひらの》という二十代後半くらいの男性がやってきた。線の細い、優男風の顔立ちだった。黒木が入居したマンションのことを話すと、平野という男は驚いたような顔をした。

「問題があったわけではありません。ちょっと調べているだけなんです。それより二〇五号室ですが、現在の入居者の前には、どなたが住んでいたかわかりますか？」

「申し訳ありませんが、それを教えることはできません」

平野は首を横に振った。本来なら警察手帳を見せて身分を明かしたいところだが、別に事件の捜査でもないのでそれは控えることにした。神崎は声をひそめて言った。

「実は現在二〇五号室に住んでいるのは私の友人なんです。その友人が言うには、出るそうなんですよ」

「出る？　な、何が出るっていうんですか？」

「幽霊ですよ。夜中に女の声が聞こえるっていうんです」

平野が周囲に目を配ってから、声を低くして言った。

「この話は内密にお願いします。あの部屋の前の入居者ですが、一年ほど前にお亡くなりになったんです」

「亡くなったって、事故か何かですか？」

「詳しくは知りませんが、自殺だったと聞いております。うちの業界にこの手の話はよくあることです。ただ、こういったことには告知義務がありますので、入居前に説明し、書類などでも提示しておりますが」

黒木は知らない様子だった。書類で提示されたのを、読んでいないということか。

平野は手元に置いたノートPCのマウスを操りながら続けて言った。

「あのマンションの管理は私が一任されております。そうですね、一週間ほどお待ちになっていただければ、別の階に空きが出ますので、そちらに移っていただくことも可能です。もちろん代金はいただきません。ただし二〇五号室のいわくについては内密にしていただくことが条件です」

口止め料というやつだろうか。神崎はうなずいた。

「わかりました。伝えておきます」

それからしばらく例のマンションのセキュリティについて話を聞いたが、あまり収穫はなかった。オートロックのうえ、各階の廊下には防犯カメラが設置されており、セキュリティには問題ないとの話だった。外部の者が易々と出入りすることはできなそうだ。神崎は平野に礼を言ってから外に出た。

それにしても妙な風向きになってきたものだ。黒木の住んでいる部屋で、一人の女性が一年前に自殺していた。そのことが幽霊に見せかけた悪戯とどう繋がるのか。

次に神崎が向かったのは戸《と》塚《つか》警察署だった。自殺した女性の事件が気になったからだった。黒木が住む中落合は戸塚署の管轄だった。受付で身分を明かし、事情を話した。十五分ほど待っていると、五十過ぎの年配の男が姿を見せた。

「悪かったね、会議中だったもんで。池袋から来たんだって？　ちょっとコーヒーでも飲もうか」

喫茶スペースに案内され、紙コップのコーヒーをご馳走になった。保科《ほしな》と名乗った男は、強行犯係の刑事らしい。

「一年前の自殺の件だろ。でも何だって池袋署があの事件を追ってるんだい？」

「実は自分の同僚がよりによってあの部屋に引っ越したんですよ。変な噂が耳に入り、本人は引っ越そうか迷っているようなんです。近くに来たものですから、事情をお聞かせ願いたいと思った次第です」

「うわ、そいつは災難だ。人が死んだ部屋に住むなんて、いくら刑事といっても寝覚めが悪いだろう」

自殺した女性の名は山本理恵《やまもとりえ》といった。新宿にある大手百貨店の婦人服売り場の店員で、年齢は二十五歳だった。死因は縊死《いし》で、睡眠薬を服用してから浴室のドアノブで首を吊ったとされていた。状況から他殺の線も捨て切れなかったが、事件発生から三日後に自殺として処理されたという。

「自殺の決め手になったのは防犯カメラの映像だよ」保科がコーヒーを飲みながら説明した。「あのマンション、各階の廊下に防犯カメラがついているんだ。その映像から、彼女が亡くなった死亡推定時刻の前後、誰一人として彼女の部屋に出入りしていないことが判明したんだよ」

「彼女が死を選んだ原因は明らかになったんですか？」

神崎が訊くと、保科は少し首をひねった。

「おそらく失恋だったと俺は推測した。彼女に恋人がいたことは勤務先の聞き込みでも明らかになっていたが、男の存在を示すものが何一つ部屋から発見されなかった」

「彼女が死ぬ前に処分したということでしょうか？」

「ああ。だが……」

保科はそこでいったん言葉を区切った。それから眉をひそめて続けた。

「あの事件に関して、一つだけ心残りがあるんだ。結局、男の正体がわからずじまいだったんだよ。普通、いくら別れたといっても元恋人が死んだんだから、葬式に顔を見せるくらいのことはするだろう。だが結局、山本理恵の男は葬式にも姿を現さなかった。よほど酷《ひど》い男に引っかかったのかもしれないな」

写真や日記の類いにも男の存在を示すものはなく、保科は男の正体を探ることを断念したらしい。そもそも防犯カメラの映像が彼女の死が自殺であることを物語っており、事件はそこで幕を下ろしたようだった。

「携帯電話はどうだったのでしょうか？　アドレス帳やメールに男の名はなかったのですか？」

「それらしい男の名前はなかった。メールの記録にもな。自殺の線で決まりだったもんで、メモリーの解析までしていない。交通課の女性警察官に意見を訊いてみたんだが、別れた男とのメールをすべて消す派と、残しておく派がいるみたいだ。山本理恵は前者だったわけだ」

　そう言うと保科は立ち上がり、空になった紙コップをゴミ箱に捨てた。

「あんたの同僚には気の毒だけど、あの部屋で女が自殺したことは事実だ。きっと男に対する怨念もあったはずだし、下手をすると化けて出てくるかもしれないぜ」

　保科は冗談のつもりで言ったようだったが、神崎は笑えなかった。まるで死んだ山本理恵の怨念だと見せかけるように、あの部屋に悪戯を仕掛けた何者かがいるのだ。その人物の正体も目的も、一切が不明のままだ。

「ちょっとすみません」喫茶スペースから出ていこうとする保科を呼び止め、神崎は言った。「死んだ山本理恵と仲がよかった友人を教えてくれませんか？」

「できないこともないが、何をするつもりなんだ？」

「少し気になることがあるんです」

管轄外の刑事に自分の事件を蒸し返されて、気分を害さない刑事はいない。断られるのを承知で言ったが、保科はあっさりと受け入れてくれた。人のいい刑事のようだ。

「勤め先に仲のいい友人がいたようだ。たしか名前は……」

保科が口にした女性の名前を手帳に記し、神崎は保科に対して丁重に礼を述べた。

その足で神崎は新宿の大手百貨店に向かった。時刻は正午になろうとしている。さすがに勤務中の店員を呼び出すには刑事としての立場を利用するほかなく、神崎は受付で警察手帳を見せて、その人物を呼び出してもらった。しばらく待っていると、紺色の制服を着た二十代後半とおぼしき女性が姿を現した。

「お忙しいところ申し訳ありません。池袋警察署の神崎です。有村結衣《ありむらゆい》さんですね?」

紺色の制服を着た女性がうなずいた。婦人服売り場で働いているだけのことはあり、メイクも髪型も洗練されたものだった。ただ顔には不審の色が浮かんでいる。神崎は笑顔を作って言った。

「一年前にお亡くなりになった山本理恵さんのことでお話を聞かせていただきたいの

です。少しよろしいですか？」

「まあ、少しくらいなら」

近くにベンチが置いてあるのが見えたので、神崎はそこに彼女を案内した。ベンチに座って早々に神崎は切り出した。

「彼女について調べているんです。あなたは生前の山本さんと懇意にされていたと伺っています。彼女が付き合っていた男性に心当たりはありますか？」

有村結衣は困惑したように視線を泳がせた。

「ちょっと待ってください。なぜ今になって理恵のことを……」

「ただの確認です。もしご存知であるなら教えてください。彼女に恋人がいたことはご存知でしたか？」

「え、ええ」有村結衣は膝の上に視線を落としながら答えた。「理恵に恋人がいることは知っていました。でもそれが誰なのか、私にもわかりません。あの、ちょっと電話をかけてきていいですか。接客の途中で抜け出してきてしまったものですから」

「構いませんよ」

有村結衣は立ち上がり、携帯電話を持って壁の方に向かっていった。神崎に背を向けて、彼女は携帯電話を耳に当てた。その姿を見ながら神崎は思案する。

黒木の部屋に悪戯を仕掛けた人物とは何者なのか。物理的にそれができるのは限られている。オートロックのマンションに侵入するだけではなく、黒木の部屋の内部にも侵入可能な人物となると、そうはいない。黒木以外に考えられるのは、スペアキーを持ったマンションの管理人くらいか。あとは黒木自身が合い鍵を持っていたとして、それを誰かに渡していたとしたらどうだろう。やはり黒木の異性関係のいざこざというのが、もっとも可能性が高いのかもしれない。

「すみません。お待たせしました」

有村結衣が戻ってきて、神崎の隣に腰を下ろした。わざわざ新宿まで足を伸ばしてみたものの、これ以上ここで話を聞いても意味がないような気がしてきた。山本理恵の死と、黒木の部屋に仕掛けられた音源は無関係だろう。そう思って神崎が話を切り上げようとしたところで、有村結衣が思い出したかのように言った。

「付き合っていた男性について、理恵は頑なに口を閉ざしていたんですが、一度だけ彼氏の話になって、私に言ったことがあるんです」

「どんなことを言ったんですか？」

「私の彼がいい部屋を見つけてあげるから、引っ越しを考えているなら相談してって言ったんです。出会ったきっかけも部屋探しだったと言ってました」

思わず耳を疑った。神崎は身を乗り出した。

「詳しい話を聞かせてもらえますか」

「いきなり呼び出すなよ、神崎。俺たちは今日休みなんだよ。ちょうど富田と旨いラーメンでも食いにいこうと思っていたところなんだよ」

黒木の部屋に来ていた。時刻は午後八時を回ったところだった。富田の姿はなく、外で待っているようだった。外は雨が降っているらしく、スーツの袖についた水滴を手で払いながら黒木が言った。

「それより謎は解けたのか。降参ならそれでも構わないぜ」

神崎は答えずに腕時計に目を落とした。ちょうどそのとき、部屋のインターホンが鳴った。神崎は玄関に向かい、一人の男を出迎えた。不動産会社の平野だった。

「どちらさん？」

部屋に入ってきた平野を見て、黒木が首を傾げた。神崎は説明する。

「この方は平野さんといい、このマンションを管理している不動産会社の担当者だ」

「初めまして」

平野が頭を下げ、黒木に対して名刺を渡した。その様子からして二人が初対面であることがわかった。やはりそういうことだったか。神崎は自分の推理が間違っていないことを確信した。

「一年前、この部屋で一人の女性の遺体が発見された」神崎は話し始めた。「彼女の名前は山本理恵。戸塚署の捜査の結果、彼女の死は自殺と判断された」

「この部屋で人が死んでる？　マジかよ、おい」

黒木は大袈裟に驚いていた。どこか芝居がかっているような気がする。もしかして、こいつ——。芽生えた疑惑を胸の中に抑えつつ、神崎は続けた。

「こういったことには告知義務があるらしい。黒木、お前も事前に書類か何かで知らされているはずだ」

「いや、知らない。書類なんて読んでないしな」

「彼女が自殺をした理由は推測の域を出ないが、おそらく当時交際していた男性と別れ、それに絶望して命を絶ったとされている。だが当時の捜査でも、亡くなった山本さんが交際していた男性の正体は明らかになっていない」

「ちょっと待てよ、神崎。一年前に死んだ山本っていう女と、今回の幽霊騒ぎが関係しているっていうのか？」

黒木がそう訊いてきた。平野は身の置き所に困ったように、壁際に立ち尽くしている。

「最初は俺も無関係だと思っていた。だが調べてみるうちに、意外なことがわかってきたんだ」

再び部屋のインターホンが鳴る。いいタイミングだ。神崎は内心ほくそ笑みながら、玄関に向かっていってドアを開けた。私服姿の有村結衣の姿がそこにあった。

「すみません、遅れてしまって……」

「構いませんよ。どうぞお上がりください」

「おい、神崎。てめえ自分の部屋みたいに振る舞うなよ。今度は誰なんだよ、いったい……」

ハイヒールを脱ぎ、有村結衣は部屋に上がった。彼女もどこか居心地が悪そうだった。いきなり刑事に呼ばれて戸惑わない一般市民はいない。神崎は彼女に目を向けて言った。

「こちらは有村結衣さんといい、亡くなった山本さんの友人だ。有村さんは生前の山本さんから、付き合っていた男性に関するヒントを聞いている。有村さん、お願いできますか？」

「はい」と返事をして、有村結衣が小声で話し始めた。「理恵が当時付き合っていた男性と出会ったきっかけは、引っ越しのときの部屋探しだったようです。ある不動産会社の男性が親身になって相談に乗ってくれて、それを機に付き合うようになったと言っていました」

平野が顔を伏せたのがわかった。それを見て、神崎は言った。

「つまり山本さんが交際していた男性とは、彼女が住んでいた部屋、つまりこの部屋を管理している不動産会社の担当者なんだ。平野さん、あなたですね。あなたは山本さんと交際していましたね?」

平野は答えなかった。顔を真っ赤にして、フローリングに視線を落としていた。否定しないということは、認めたも同然だった。神崎は皆の顔を見回して言った。

「これですべての謎が解けたと思う。幽霊の謎も、それを仕掛けた人物もな」

「大抵、事故や自殺で人が亡くなった賃貸物件というのは、気味悪がられて借り手がなかなか現れないらしい。しかし借り手のない部屋をそのままにしておくのはもったいない。不動産会社は家賃を下げるなどして、借り手を探しているようだ。しかも最近ではそういう訳あり物件を狙い、安い家賃ゆえに入居を希望する人も増えていると聞く。平野さん、私の説明は間違っていますか?」

神崎が訊くと、平野が首を振って答えた。

「刑事さんの仰る通りです」

「ただ、この部屋に関しては一年間も借り手が現れなかった。俺はそのことに恣意《しい》的な何かを嗅ぎとった。借り手が現れないのではなく、あえて会社側が貸さなかったのではないか。つまり平野さんが意図的にこの部屋を誰にも貸さないようにしていたんです」

「ちょっと待てよ、神崎」黒木が口を挟んできた。「それはおかしいだろ。だったらなぜ俺にはこの部屋を貸してくれたんだよ。実際に俺はここに引っ越してきたんだぜ」

「多分それは手違いによるものだ。お前と平野さんは初対面のようだな。偶然にも平野さんが会社を休んでいるときにお前が不動産会社を訪れ、ほかの社員の手続きで、この部屋への入居を決めてしまったんだ。どうせお前のことだから、即決してしまったんじゃないか？」

　黒木が笑いながら答えた。

「その通りだよ。いくつも物件を見て回るのは面倒だ。たまたま入った不動産会社で紹介されて、その場で決めちまったんだ。でも腑に落ちねえな。なぜこの部屋を他人に貸すのを渋ったんだよ、この平野って人は」

「それは当人の口から聞くしかない。平野さん、なぜあなたはこの部屋を誰にも貸したくなかったんですか？」

平野はすぐには喋ろうとしなかった。しばらくフローリングを睨むように見ていたが、やがて顔を上げて話し出した。

「彼女と出会ったのは会社の窓口でした。部屋探しで彼女が私の店を訪れたんです。一目惚れでした。私は彼女のためにいくつもの物件を紹介し、一緒に見て回りました。私の誠意が伝わったらしく、彼女も感謝してくれました。彼女の入居が決まってから、私たちは何度かデートをして、交際に発展しました」

二人はお互いの部屋を行き来していて、結婚も視野に入れていた。しかしその矢先、彼女が突然命を絶ってしまう。今から一年前のことだった。

「ショックでした。当時、私は仕事が忙しく、彼女と会う時間が減っていたのは事実です。でも彼女を愛していたことに変わりはありません。私はショックで塞ぎ込み、彼女の葬儀にすら顔を出すことができませんでした」

「彼女が自殺をした理由に心当たりはありますか？」

神崎が訊くと、平野は唇を噛み締めるように答えた。

「職場の人間関係のことで悩んでいることは知っていました。私も相談を受けていたのですが、忙しかったもので……。今になって思えば、あのとき親身になって彼女の相談に乗ってあげていたら、あんなことになっていなかったかもしれません」

「有村さん、今の平野さんの話を聞いて、思い当たることはありますか？」

「あ、はい」有村結衣が顔を上げた。「理恵は大人しいというか、割りと従順な性格の子でした。だから職場の年配の方からも、よく接客態度のことで注意を受けていました。それを悩んでいたのかもしれません」

山本理恵の死は自殺で間違いない。ただ、彼女が死を選んだ動機だけは、戸塚署の出した結論と違っていたようだ。神崎は平野に訊いた。

「平野さん、なぜあなたはこの部屋を誰にも貸したくなかったんですか？」

「この部屋には……」平野が部屋を見回しながら言った。「ここには私と彼女が過ごした思い出がたくさん残っているんです。だから誰にも住んでほしくなかったんです。ほかの人が住んでしまうと、彼女との思い出が消えてしまうような気がしたんです」

「一週間前に入居した黒木は、この部屋で毎晩のように女の啜り泣く声を聞き、怯えていました。調べてみた結果、換気扇のダクトの裏側に、これが仕掛けられていました」

神崎はテーブルの上を指でさした。ダクトの中で発見されたポータブル再生機が置かれている。神崎は続けた。

「平野さん、あなたが仕掛けたものですね。このマンションを管理するあなたなら、それも可能だ。黒木が不在の時間を見計らい、これを仕掛けた。その理由は何としても黒木をこの部屋から追いだすため。死んだ彼女との思い出を守るために、この部屋をとり戻そうとした」

平野が大きく肩を落として言った。

「そうです。刑事さんの仰る通りです。馬鹿なことをしたと反省しています。もしも法に触れるのであれば、その罪は償うつもりです」

死んだ恋人に対する複雑な感情が、男に突飛な行動をとらせる結果となったのだ。夜、女の啜り泣く声を耳にする。やがてこの部屋で女が自殺したことが近所の住人あたりから耳に入る。黒木でなくても、部屋を引き払いたくなるのが当たり前だろう。現職の刑事を震え上がらせたのだから、平野の作戦は功を奏したといえる。

「黒木、以上だ」神崎はそう断言した。「これが今回の幽霊騒ぎの真相だ。元恋人との思い出を守りたい。その一心でお前をこの部屋から追い出すために仕組まれたものなんだ」

黒木は顔を上げ、ズボンのポケットに突っ込んでいた両手を出し、大きな拍手をした。その顔には皮肉めいた笑いが浮かんでいる。

「いやあ、見事だった。心の底から敬服したよ」

そう言いつつも黒木は拍手をやめようとしない。その仕草が癇《かん》に障《さわ》り、神崎は言った。

「ふざけるな。馬鹿にするのはやめろ」

「勘違いするなよ、神崎。俺はお前の推理に敬意を表しているわけじゃない。そこにいる、平野って男の演技につくづく感心しているんだよ」

「何だと？」

思わず神崎は声を上げていた。黒木の言わんとしていることが理解できなかった。平野の演技が見事だと黒木は言った。いったい何のことだろうか。

「神崎、お前の推理はいい線いってる」ようやく拍手をやめて黒木が言った。「だが惜しい。あと一歩だ。まあ短時間でここまで調べ上げたのだから、さすがと言うべきかもしれない」

どことなくではあるが、ずっと黒木の態度が気になっていたのは事実だった。何かを知っているような、そんな感じがした。やはりこの男、一筋縄ではいかないようだ。

電話の着信音が響き渡った。黒木がポケットからスマートフォンをとり出し、話し始めた。

「よう、俺だ。そっちは何かわかったのか?」

しばらく黒木は電話で話していた。通話の相手は富田だろうと想像がついた。富田も今日は休みだった。通話を終えた黒木が満足そうにうなずいて、突然有村結衣の方を見て言った。

「有村結衣さん、あなたのことを少し調べさせてもらいました。あなたが現在お住みになっているマンションも、こちらの平野さんの会社が管理されている物件のようですね」

有村結衣は何も言わず、顔を伏せた。どういうことだ? 神崎は疑問を覚えた。この二人の間に接点があったとでもいうのだろうか。

「教えてくださいよ」黒木は平野と有村結衣を交互に見て言った。「お二人は顔見知りなんじゃないですか。今日が初対面ってわけじゃありませんよね」

二人は答えなかった。両者とも顔を蒼白にしてうつむいていた。黒木が大袈裟に肩をすくめてから言った。

「黙秘ってやつですか。まあいいでしょう。じゃあ俺から説明させていただきます。一年前に亡くなった山本さんは自殺じゃない。平野さん、あなたが自殺に見せかけて殺害したんです」

「おい、黒木」神崎は声を発していた。黙っているわけにはいかなかった。「何を言い出すんだよ。すでに戸塚署が自殺として処理している案件なんだぞ。確証があってのことなのか」

「まあ神崎、ちょっと俺の話を聞いてくれよ。平野さんと山本さんが交際していたのは事実だろう。しかし男の方が浮気をしてしまう。よくある話だな」

黒木は説明した。きっかけは有村結衣が引っ越しを考え、山本理恵に相談をしたことだった。山本理恵は恋人である平野を有村結衣に引き合わせたが、ここで大きく歯車が狂った。平野が目移りをして、有村結衣と交際を始めたのだ。

「平野さんは新しい恋人にのめり込み、山本さんの存在が邪魔になった。しかし結婚の約束までしているため、簡単に別れることなどできなかった。多分平野さんは別れ話を切り出したはずだが、当然山本さんが納得することはなかっただろう。ことによると裁判を起こすと逆に脅されたのかもしれない。女っつうのは開き直ると怖いもんなしだ。俺も経験上、よくわかるよ。平野さん、そうじゃないですか？」

黒木に訊かれても、平野は何も答えなかった。フローリングに視線を落としている。有村結衣も同様に、地蔵のように立ち尽くしていた。黒木が続けて言った。

「そこで平野さんは彼女を殺すことにした。こっそりと彼女に睡眠薬を飲ませ、首吊り自殺に見せかけて殺害した。防犯カメラの映像から、死亡推定時刻に訪問者はいないことが判明し、一気に自殺の線で片はついた。だがマンションを管理している不動産会社の担当者ならば、防犯カメラの映像に手を加えることは不可能ではない」

映像の加工は難しいだろうが、パソコンに精通している者ならば可能かもしれない。だが平野の犯行であるとするならば、今回の幽霊騒ぎは何なのだ。神崎は疑問を口にした。

「幽霊のせいにして、お前をこの部屋から追い出そうとしたのも、この平野さんの仕業なのか。だとしたらいったい何の意味がある？」

「山本さんを殺害した直後、平野さんは徹底的にこの部屋から自分の痕跡を消し去ったはずだ。しかし自信がなかった。どこかに山本さんへと繋がる自分の痕跡が残っているかもしれない。疑心暗鬼になったこの男は、この部屋を誰にも貸そうとはしなかった。俺が入居したことを知ったとき、さぞかし驚いたことだろう。だから俺をこの部屋から追い出すために、今回の一件を仕組んだんだよ」

今日の午前中、不動産会社を訪れた神崎の話を聞き、平野は内心快哉《かいさい》を叫んでいたということか。自分の目論見通りに新しい住人が怯えていることを知ったのだから。

しかし、一つだけわからないことがあった。なぜ有村結衣は山本理恵の恋人が平野であることをほのめかしたのか。黙っていれば、それで済んだはずではなかったか。

「これが真相だよ、神崎。さてご両人、ちょっと警察署まで来てもらいましょうか。俺は生憎休みだから、この神崎巡査長が同行しますので」

黒木がそう言うと、平野が声を発した。

「違いますよ、刑事さん。私は理恵を殺したりなどしていない。さきほどから好き勝手仰っているようですが、すべて刑事さんの空想じゃないですか。物的証拠というものが何一つない」

平野の目に感情はなく、冷静そのものだった。

「警察には行きません。もし私が彼女を殺したというのなら、その証拠を今すぐここで見せてください」

平野は黒木を見て言った。たしかに黒木の話は推測を述べているだけで、平野の犯罪を立証するには証拠が乏しかった。

そのとき神崎は閃《ひらめ》いた。さきほど感じた疑問の答えだった。今日の昼、有村結衣の職場である新宿の百貨店を訪れたときのことだ。彼女は持ち場に電話をすると言って、しばらく席を立った。あのときの電話の相手は平野だったのだ。山本理恵のことで刑事が来ている。彼女はそう平野に伝えたのだろう。

平野はそこで有村結衣に指示を与え、自分の存在を匂わせるように仕向けた。そうだったのだ。俺は誤った道に導かれていたのかもしれない。黒木が何も言い出していなかったら、さきほどの結論で幕は閉じていたはずだから。思った以上に平野という男は頭が切れるようだ。

「有村さん、携帯電話を見せていただくことはできますか?」

神崎がそう言うと、有村結衣は怯えた目つきでハンドバッグの持ち手を強く握った。神崎は続けて言った。

「あなたの携帯電話に平野さんへの通話記録が残っているはずです。それがあなたと平野さんが共謀していることを物語っているはずです」

「だから何だっていうんですか」平野が開き直ったように言い、有村結衣の手をとった。「こうなってしまった以上、私と結衣が交際していることを隠すつもりはありません。私は結衣のことが好きになり、理恵に別れ話を切り出した。それがきっかけとなり、彼女は自殺してしまった。それだけのことです。理恵の死に対しては道義的責任を感じますが、警察に連行される筋合いはありませんよ」

そう言って平野は有村結衣の手を握り、その場から立ち去ろうとした。しかしその行く手を塞いだのは黒木だった。

「まだ話は終わっちゃいませんよ、平野さん。あんた、この部屋から徹底的に自分の痕跡を消したはずだが、それが残っていたとしたらどう思います？」

平野はそれに答えず、黒木の顔を見上げていた。黒木も上から平野を睨みつけるように言った。

「一年前、山本さんが殺された日のことです。別れ話がこじれたあと、音沙汰のなかったあなたが久し振りにこの部屋を訪れた。そのとき、山本さんはあなたの姿を見て、何かを悟ったのかもしれない。あなたが部屋を訪れた目的を察したんですよ。山本さんはトイレに入り、そこで一通のメールを打った」

黒木がポケットから赤い携帯電話をとり出した。神崎は訝しく思った。山本理恵の携帯電話は戸塚署に押収されているはずだ。

「これは知り合いから借りてきたものです」黒木がそう言いながら、赤い携帯電話をいじり始めた。「これが携帯のメモリーカードです。この部屋のトイレの棚の裏で見つけました。木の隙間に差し込まれていたんです。こう見えても俺は潔癖症でね。引っ越してから部屋中を隈なく掃除して、そのときに見つけたものです。どうやらあなたは見逃してしまったようですけどね」

黒木の指には一センチ角の小さなカードが見えた。黒木はそのカードを再び携帯電話に差し込んで言った。

「自分の身に迫る危険を察し、山本さんは死の直前にある人物にメールを送った。送信したメールはカードに保存してから削除し、カードだけをトイレの棚の裏に隠す。このカードにはあなたとのメールのやりとりがすべて保存してあります。万が一の場合に備え、彼女は何としてでも残したかったんです」

黒木が携帯電話を操作しながら、続けて言った。

「山本さんは信頼できる友人に助けを求めた。こう書いてあります。『私は恋人の平野に殺されてしまうかもしれない。助けて』とね。送信した相手は有村結衣さん、あなたになっています。自分の思い過ごしであるかもしれないので、警察への通報は避けたんでしょう。まさか友人だと信じていたあなたに裏切られていたとは、山本さんも夢にも思っていなかったはずです」

突然、有村結衣が顔を覆い、その場に膝をついた。その様子を隣で平野が呆然とした顔で見つめている。

「送信時刻は彼女が亡くなる直前になっていますね。なぜこのメールを受信したことを警察に告げなかったのか。有村さん、納得のいく説明をしてもらえますか？」

黒木がそう声をかけても、有村結衣は答えることはなかった。彼女はただただ、その場で泣き続けているだけだった。


「いやあ助かりましたよ。また細かいところは後日話を聞かせてください」

戸塚署の保科の手により、平野たち二人は連行されていった。保科の人柄に助けられたような気がしていた。頭の固い刑事であったら、越権行為だと罵《ののし》られ、ひと悶着《もんちゃく》あっても不思議ではない場面だった。

「さて、ラーメンでも食いにいくか。富田、また旨いラーメン屋を見つけたんだよ」

富田も合流していた。部屋から出ていこうとする黒木の背中に向かって神崎は言った。

「黒木、随分手の込んだことをしたもんだな。お前は彼女が遺したカードを発見したとき、事件の全貌が見えたんじゃないか。カードを戸塚署に届ければ、それでことは済んだはずだ」

「俺も最初はそう思ったんだけどな」黒木が立ち止まり、振り返って言った。「メールを読んじまった以上、放っておくことはできなかったんだ。死んだ女の無念のようなものが、あのカードに込められていたような気がしたんだ。この部屋を俺が借りることになったのも何かの縁だ。真相は俺たちが解き明かし、犯人の顔をこの目で拝んでやろうと決めたのさ。それにな、神崎。俺は入居する前からこの部屋で自殺者が出ていたことを知っていたんだ」

「どういうことだ？」

「さっきのお前の話にあったように、俺は訳あり物件を狙って住むのが好きなんだ。家賃も少し安いし、もともと俺は幽霊なんて非科学的なものは信じないしな。だからこの部屋で女の啜り泣く声を聞いたとき、何か裏があるなとすぐに気がついた。どうせならお前も誘って、この謎を解いてやろうと決めたのさ」

そう言って黒木は笑った。今回は黒木の犯人捜しの駒にされたわけだが、別に気分を害することはなかった。

「俺の見込んだ通り、お前は真犯人をここに連れてきてくれた。まあ推理はちょいと的外れだったが、それも計算のうちだ。神崎、近いうちに彼女を飯に誘えよ」

神崎は無言でうなずいた。まあ負けたのだから仕方がない。ただ今回の件に関しては、黒木の方が圧倒的に有利な立場にいたのだ。悔しいが最初から黒木の手の平の上で踊らされていたようなものだ。

「ところで黒木、お前はこの部屋を引き払うのか？」

神崎が訊くと、黒木が鼻を鳴らした。

「そもそも幽霊なんていなかったんだ。まあ人が殺された部屋っていうのも気分は悪いが、俺たちが真相を暴きだして、彼女も成仏したことだろう。まだ一週間しか住んでいないが、割りと気に入っているんだよ、この部屋」

まあどう捉えるかは、人それぞれだ。黒木がいいと言うのなら、そこに口を挟む気はなかった。

「神崎、お前もラーメン付き合えよ。池袋には敵《かな》わないが、このあたりにもどうして穴場のラーメン屋があるんだよ」

富田はすでに靴をはき、玄関のドアノブに手をかけていた。黒木のあとを追って玄関へ向かって歩き始めたところで、女の啜り泣く声が聞こえた。思わず黒木と目を合わせていた。振り返ると、テーブルの上に置かれたポータブル再生機から、女の啜り泣く声が洩れていた。

黒木が声を震わせて言った。

「な、何かの誤作動だよな」

神崎は努めて平静を装って言った。

「知るかよ。お前の部屋だろうが。お前が何とかしろよ」

富田が青白い顔で言う。

「彼女がお礼を言っているんじゃないかな。事件の謎を解いてくれてありがとうって」

三人で競うようにして部屋から出た。最後に部屋から出た黒木が泣きそうな口調で言った。

「やっぱり引っ越すことにする。なあ神崎、おい富田、お願いだから金を貸してくれないか？」

第四話　力走

頬に当たる一月の風が冷たい。富田光晴はウィンドブレーカーを羽織って、新青梅《しんおうめ》街道を小平《こだいら》方面に向かって走っていた。午後六時を過ぎて周囲はすっかり暗くなっており、帰宅を急ぐ車が街道を行きかっている。

富田は腕時計に目を落とした。走り始めて二十五分が経過した。すでに五キロは走ったはずだ。二百メートルほど先にコンビニエンスストアの看板が見え、いつもそこで折り返すことにしている。

富田は田無駅前の交番に勤務する警察官だ。仕事が終わったら、毎日欠かさずジョギングすることが日課になっている。台風や大雪などよほどのことがない限り、富田は毎日走っている。田無駅近くにある自宅アパートを起点として、五つのコースを自ら作成してある。どのコースも距離はほぼ十キロだ。

ここ一、二年のジョギングブームにより、ランナーの数が急激に増えた。こうして走っていても、同じように走っている人の姿をよく見かける。一度、非番の日に電車に乗って皇居周辺まで走りに出たことがあったが、ランナーの数に圧倒された。極彩色のジャージを身にまとい、イヤホンで音楽を聞きながら走っているランナーたちは、まるでファッション雑誌から飛び出してきたようで、富田は気後れしながら皇居周辺の五キロのコースを走った。あれ以来、皇居まで足を運んだことはない。

走ることは富田にとって趣味ではなく、人生そのものかもしれない。走れればそれでいい。時間や場所は問わない。帰宅してから家の周りを走れば十分だ。だからフルマラソンに挑戦しようなんて微塵も思わない。

コンビニエンスストアの前に到着した。その日の体調によってトイレを借りたり、飲み物を買って水分を補給することもあったが、今日はその必要がないだろうと判断した。富田はその場で折り返し、来た道を再び走り始める。

子供の頃から走るのが大好きだった。中学校で陸上部に入ったが、先輩と反りが合わずに三ヵ月で辞めた。それでも富田は走るのを止めずに、ずっと一人で走り続けた。高校を卒業するまでマラソン大会では常に一位だった。

再び本格的に陸上を始めたのは都内の大学に進学してからで、大会にも何度か参加した。さほど陸上に力を入れていない大学だったため、箱根《はこね》の晴れ舞台など夢のまた夢だったが、富田自身は名門校のエース級の選手とマッチレースを繰り広げ、三秒差の区間二位に入ったこともある。

後ろから足音が近づいてきた。一人の男性ランナーが富田を追い越していく。かなり速いペースだ。中肉中背。濃紺のジャージ。短い髪。男の特徴を頭に入れながら、富田はペースを上げた。

去年の暮れから今年にかけて、ランナーを装ったひったくり事件が管内で五件も発生していた。いずれも犯人は男で、自転車に乗った主婦が狙われていた。自転車の籠に入れてあったバッグなどをすれ違いざまに盗むという手口で、そのまま走り去るのだった。犯人はまだ捕まっておらず、その手口や目撃証言から同一犯の可能性が高いとされている。

事件が発生してから、富田はあえて人通りの多いコースを意識的に走るようにしていた。走りながら気になったランナーをマークして、その挙動を窺うのだ。富田は十メートル先を走る紺ジャージの男の背中を見た。今夜はこの男を追ってみよう。そう心に決めたところで、胸のポケットの中で携帯電話が鳴り響いた。

走っていても携帯電話を手放すことはない。非常招集の可能性もあるからだ。胸のポケットから携帯電話をとり出して確認すると、一件のメールを受信していた。警察学校時代の友人だった。

それほど友人が多い方ではない。警察学校で同じ釜の飯を食った同期ですら、まともに友人と呼べるのは、メールを送ってよこしたこの男と、あと一人くらいだ。

メールの内容は飲み会の誘いだった。年末に一杯飲もうと約束していたのだが、互いの都合がつかずに新年を迎えてしまっていた。

了解。時間と場所はそっちで決めてくれ。

走るペースをやや落として、メールを返信した。顔を上げると、紺ジャージの男との差は二十メートルまで開いていた。富田はぐっとペースを上げる。

メールを送ってきた男のことを思った。あの男と出会っていなかったら、おそらく今の自分はいないはずだ。警察官にさえなっていなかったかもしれない。

富田は十二年前の出来事を思い出した。


警察学校の朝は早い。六時に起床し、点呼、清掃、学校周辺の一キロ強のジョギングと続き、朝食を食べたら朝礼、一時限目の座学に入る。

空調機器の故障による教室の変更を直前で知り、富田が教室に入ったのは授業が始まる五分前のことだった。座る席順は決められていて、富田は教室のなかほどにある自席へ急いだ。自分の机の上を見て、富田は言葉を失った。

小さな花瓶に菊の花が一本、活《い》けられていた。

誰かの悪戯に違いない。悪戯にしては幼稚というか、小学生レベルもいいところだ。ここは警察学校なのだ。こんなレベルの悪戯をする者がいるとは信じられなかった。

しかし菊の花が置いてあるのは事実だった。周囲の者を何気なく観察すると、誰もが見て見ぬ振りをしていた。ふざけた悪戯に誰もが困惑している、そんな雰囲気だ。

「何とか間に合ったぜ。教室変更なんて聞いてねえよ、まったく」

そんな愚痴をこぼしながら、一人の男が教室に入ってきた。男は自分の席にノートを置きながら、富田の机の上に置かれた菊の花を見て、無遠慮に言う。

「あれ？　誰か死んだのか？」

誰も答えない。クスクスと笑い始める輩《やから》もいた。男は不機嫌そうな顔をしながら、菊の活けられた花瓶を摑んだ。

「ちっ、胸糞《むなくそ》悪い悪戯だな。おい、富田。突っ立ってないで座れよ。授業始まるぞ」

男はそう言って花瓶を自分の机の下に隠し、そのまま椅子に座る。男の名は黒木といい、チャラチャラした警察官らしくない男だった。それでも成績は悪い方ではなく、逮捕術などの実技では優れた成績を収めていた。口にするのは冗談か女の話だけの一見して軽薄そうな男だ。

教官が入ってきて一時限目の座学が始まる。刑事訴訟法の授業だったが、教官の解説は富田の耳をすり抜けていった。机の上に菊の花を置く。そんな幼稚な悪戯に思った以上に動揺している自分がいた。

警察学校での生活が始まって一ヵ月しかたっていなかったが、自分が警察学校の生活に馴染んでいるとは言い難かった。先週、担当教官には退職願を提出した。

警察学校では教場《きょうじょう》という三十人程度のクラスに分けられる。一ヵ月前、入校式が終わって初めて教場の仲間たちと顔を合わせたとき、こんな奴が警察官になって大丈夫だろうか、と不安に思った奴も何人かいる。しかしわずか一ヵ月の教習を経て、誰もが日に日にたくましくなっていった。

連帯責任の効果が大きいと富田は思っていた。ことあるごとに教場ごとでの競争を余儀なくされ、教場の誰かが赤点をとったらクラス全員がペナルティーを科せられることもある。だから自由時間を削って互いの弱点を補強するなど、教場の結束は高まっていくのだ。

そんな中、自分だけは浮いていると富田は感じていた。人付き合いが苦手で、同じ教場で親しくしている友人もいない。与えられたカリキュラムを淡々とこなすだけの毎日だった。

警察官を志望したのも確固たる意志があったわけではなかった。特にやりたい仕事がなく、サラリーマンは向いていないだろうと思った。そんなとき、陸上部の友人の一人が警察官採用試験を受けると耳にして、物は試しと一緒に受けることにしたのがきっかけだった。一緒に試験を受けた友人は別の民間企業に就職してしまい、富田だけが残る結果となった。

担当教官は退職願を受けとったが、慰留されていた。やはり自分の教場から脱落者を出すことは、担当教官として面目にかかわる問題なのだろう。それでも富田の中で結論は出ていた。今の生活にはうんざりだったし、仮に卒業して警察官になったとしても、長く続けられる自信はなかった。

おそらく自分が警察学校を去ろうとしていることは、すでに噂になっているはずだ。菊の花を置いたのは、御愁傷様《ごしゅうしょうさま》という教場の誰かの痛烈なメッセージなのかもしれない。

「おい、聞いてるのか」

教官の言葉で我に返る。教官の言葉は富田にではなく、教室の一番後ろに座る別の学生に向けられていたが、富田も慌てて姿勢を正してテキストをめくった。

食堂で昼食を食べていると、突然頭上から声が聞こえた。

「ここ、空いてるか？」

顔を上げると黒木が立っていた。富田がうなずくと、黒木はトレーをテーブルの上に置き、それから富田の前に腰を下ろした。黒木のトレーにはカレーライスのほかに、例の菊の花が載せられていた。

「悔しくねえのかよ、こんな真似されて」

黒木が菊の花をテーブルの上に置き、それからカレーライスを食べ始めた。富田は菊の花に目を向けた。白い菊が一輪、咲いている。

「別に気にしてないよ」

「こんなガキみたいな悪戯されて黙ってるのか、富田巡査」

皮肉っぽく黒木が言った。巡査というのは富田の階級だ。警察学校では入校と同時に全員に巡査という肩書きが与えられ、給料も支払われる。このあたりの仕組みは自衛隊と同じだ。

「いいか、富田」黒木がカレーを食べながら言う。「俺たちは警察官だ。こんな侮辱《ぶじょく》を放っておいていいわけない。売られた喧嘩は買ってやろうじゃないか」

売られた喧嘩を買う。意味がわからずに富田が逡巡していると、黒木が自信にあふれた顔つきで言う。

「こいつは捜査ってやつだ。お前の机に菊の花を置いた犯人を捜すんだよ。面白いと思わないか?」

「捜査?」

「ああ、捜査だ。お前、教官に退職願を出したんだってな」

やはり噂になっていたか。富田は小さくうなずいた。

「放っておけよ、俺のことなんか。水が合わないんだ」

「だったら尚更だ。立つ鳥跡を濁さずってやつだ。まずはこの悪戯を仕掛けた犯人を見つけ出そう。荷物をまとめるのはそれからでも遅くはない」

黒木が花瓶から菊の花を抜きとって、テーブルの上に置いた。

「まずはこれが証拠物件Aだ。本来であれば指紋を採取したいところだが、それはやめておこう。これを見て何を思う?　富田巡査」

変わった男だ。富田はまじまじと黒木の顔を見た。どこまで本気で言っているのかわからない。それでも富田は菊の花を手にとり、じっくりと観察した。それから感想を口にする。

「……これは、菊の花だ。おそらく、野生のものではない。栽培されたものだと思う。切り口の形状からして、鋭利な刃物で採取したものに違いない」

「なかなかいい線行ってるじゃねえか、富田」黒木が満足そうにうなずいた。「次にこれが証拠物件Bだ。これを見て何を思う？」

黒木から手渡されたのは花瓶だった。手に持ってみると意外に軽く、プラスチック製であることがわかった。

「それほど高価なものではない。百円ショップで売ってそうなものだな」

「問題は入手先だ。花瓶はともかくとして、はたして犯人はどこで菊の花を入手したのか。心当たりはあるか？」

警察学校の敷地内でこれと同じ花を目にした記憶はない。となると外部から持ち込まれたものであるはずだが、そうなると難しくなる。

警察学校では無断で外部から物品を持ち込むことは許されていない。雑誌などですら、中身を細かく検閲されるのだ。菊の花一本といえども、表立っては校内に持ち込むことはできないだろう。

富田は言った。

「花屋で買ってから無断で持ち込んだものだろう。上着の中に入れて隠すことも可能だ」

「俺も同意見だ」黒木も同調した。「おそらく朝のジョギングだろう。犯人は日曜日に外出申請を出しておいて、外部で菊の花と花瓶を入手した。そしてジョギングコースの側溝かどこかに隠しておいたんだ。水を入れておけば二、三日なら枯れることはない。あとはジョギングの途中で回収すればいい。ジャージの中に隠して持ち込むだけだ」

そこまで話したところで黒木が富田の背後に目をやった。振り返ると三人の女性が歩いていた。三人ともショートヘアで、食事を終えて教室に戻るところらしい。

女性警察官も同じ警察学校内で教習に励んでいる。男子と同じ教場に振り分けられ、富田の教場にも五名ほどの女性警察官がいる。黒木が見ているのは別の教場の女性たちのようだ。

三人のうち、一人の女性に目が吸い寄せられた。たしか名前は松島《まつしま》といったか。思わず見惚《みと》れてしまうほどの美人だ。規則で髪は短くしているが、それでも美人であることに変わりはない。その美貌はすでに校内でも話題になっていて、男同士が集まると決まってその話になるらしい。

値踏みするように女たちに目をやってから、黒木が向き直って言った。

「さて、時間もないから話を進めよう。次は動機だ。はたして菊の花を置いた犯人の動機は何だったのか?」

そんなのはわかりきったことだった。富田はぼそりと言った。

「俺に対する当てつけだろ。くだらない嫌がらせさ」

「そうとも限らないぜ。ありとあらゆる可能性を考慮するのも俺たち警察官に必要な資質だ。たとえばだ、菊の花ってやつは日本国の象徴だと言われている」

菊の御紋というやつだろう。日本国、天皇家の象徴であるのが菊という花だ。それが今回の件とどういった関係があるというのか。

「犯人が偏った政治思想の持ち主であれば、何らかのメッセージかもしれないな」

思わず笑ってしまった。そこまで考えていなかった。しかし黒木の推理はあまりにも非現実的だ。黒木自身もそう感じているのか、唇をゆがめて小さく笑って言った。

「でもまあ、それはないだろう。お前に対する嫌がらせ。そう考えるのが妥当だろうな」黒木は腕時計に目を落としてから、トレーを手にした。「そろそろ三時限目が始まる。歩きながら話そう」

そう言われて立ち上がった。トレーを返却口に戻してから、食堂を出た。黒木と並んで廊下を歩く。

「実を言うと、すでに容疑者の条件は整っているんだ」

黒木が言った。その顔には自信が満ちあふれているように思われた。こうして並んで歩くと黒木の方がかなり背が高い。百八十センチは超えているのではないだろうか。

「容疑者の条件？」

「ああ。休み時間に何人かに事情を訊いてみた。いわゆる事情聴取ってやつだな。すると面白い事実が浮上した。あの菊の花は一時限目が始まる前からずっとあそこに置かれていたようだ。お前の席にずっとな」

それは当然だろう。黒木の真意が読めずに黙っていると、黒木が笑って言った。

「単純に考えてみろよ。つまり今朝最初にあの教室に入った奴が菊の花を置いた。そう考えるのが妥当だと思わないか？」

推理小説でよくあるやつだ。第一発見者イコール容疑者ということだ。

「ガキの頃から決まってたよな」黒木が言った。「朝、最初に教室にやって来るガリ勉君。うちの教場にもそういう奇特な奴がいるらしい。いつもギリギリセーフの俺には想像もつかないけどな」

富田自身も朝は早い。今朝は教室変更で時間をとられて遅くなってしまったが、普段はかなり早い時間に教室に入る。どんなに早く教室に入っても、富田より早く一番前の席で予習に励む男を一人だけ知っている。

「あいつが……神崎が犯人だと言いたいのか？」

「まあな。あの優等生が現時点での最有力候補であることは間違いない」

いつの間にか教室の前まで来ていた。廊下で談笑していた同じ教場の男が数人、訝しげな視線をこちらに送ってきた。たしかに自分と黒木というのは妙な組み合わせだ。気になるのは当然だろう。

教室に入る間際、黒木が振り返って言った。

「あとで優等生の野郎から事情聴取だ。お前も付き合え、富田巡査」

警察学校での自由時間は少ない。十九時からの夕食を終えたあと、二十二時の消灯までの三時間弱が一日における唯一の自由時間といっても過言ではない。

「おい、優等生。話があるからちょっと顔貸せよ」

黒木が食堂から出てきた一人の男を呼びとめた。神崎だった。神崎は怪訝な顔をしながらも、黒木の言葉に従い、あとからついてきた。

再び食堂の中に戻り、人のいない隅のテーブルに向かう。富田は黒木と並んで腰を下ろし、黒木の対面に神崎が座った。

「話って何だ？　こっちは忙しいんだ。今日中に刑事訴訟法の復習をしておきたいからな」

神崎隆一。うちの教場でトップクラスの成績を誇る男だ。座学だけではなく、剣道や逮捕術でも好成績を収めており、教官からも抜群の信頼を得ているようだ。父親も警察官をしており、今は警視庁にいるらしい。そのあたりも教官からの信頼が篤《あつ》い理由だろう。神崎を見ていると、富田は高校時代の生徒会長を思い出した。勉強も運動もでき、性格もいい。おまけにマスクまで整っている。そういう男が一学年に一人は必ずいた。

「今朝の一件を憶えてるな？　知ってることがあったら教えてくれ」

黒木が訊くと、神崎が首をひねった。

「今朝の一件？　いったい何の話だ？」

「菊だよ、菊。こいつの机の上に菊の花が置かれていた件だ。忘れたとは言わせないぜ」

「ああ、菊の花か。それがどうかしたか？　なぜそもそもお前がしゃしゃり出てくるんだ」

富田は黙って二人のやりとりを見守っていた。たとえるなら二人は水と油だ。クラス一の人望を得ている生徒会長と、一匹狼タイプの不良。そんな感じだ。

「俺が何をしようがお前には関係ない」

「もしかして犯人捜しってやつか。黒木、お前ってそんなに殊勝な男だったのか。知らなかったぜ」

「うるせえ、黙れよ。ネタは上がってんだ。今朝あの教室に最初に入った人間。そいつが現時点で有力な容疑者だ。どうせ今朝も一番乗りで教室に入ったんだろ、優等生」

神崎が数回まばたきをした。瞬時に黒木の真意を悟ったようだ。やや笑みを浮かべて神崎が言う。

「そういうことか。つまり俺が富田の机の上に菊の花を置いたって言いたいわけだろ。でも残念ながら俺の仕業じゃない。俺が教室に入ったときにはすでに菊の花は机の上に置いてあった」

「証拠は？」

黒木が両手をテーブルの上に置いて身を乗り出す。神崎は大きく息を吐いてから、諭すように言った。

「証拠を出すのはお前の方だろ。この場合、俺が容疑者なんだよな。だったら俺がやったという証拠を出すのはお前たちじゃないか。警察実務の授業で習ったばかりだろ」

黒木がテーブルの上の両手を引っ込め、その場で腕を組んだ。完全に言い負かされてしまった。神崎は余裕の笑みを浮かべて立ち上がり、椅子をテーブルの下に押し戻しながら言った。

「参考までに教えてくれ。なぜ犯人を捜そうとするんだ？　ただの嫌がらせだ。放っておけばいいじゃないか」

「富田は、同じ教場の仲間だからだ」

黒木がきっぱりと言い切った。

富田は思わず黒木の横顔を見つめていた。冗談で言っているわけではなさそうだ。神崎も動きを止めて、黒木の顔を見つめている。やや照れたように黒木がそっぽを向いて言う。

「それに俺たちは警察官だ。このくらいの事件を解決できないんじゃ、実際の捜査でになっ」

通用するわけがない。予行演習にはちょうどいいだろ。将来刑事になったときのためにな」

神崎が意外そうな顔で言った。

「お前、刑事になりたいのか？」

「悪いかよ。ガキの頃からの夢なんだよ」

神崎は肩をすくめた。それから再び椅子を引いて腰を下ろす。足を組んで神崎が言う。

「仕方ない。お前たちの刑事ごっこに少しだけ付き合ってやる」

その言葉を聞いて、黒木が鼻で笑った。すでに食堂に人影はない。それでも厨房の従業員が片づけなどをしていることから、あとしばらくはここで話していてもよさそうだ。

「俺は犯人じゃない」神崎が断言する。「そう仮定した条件のもとで推理してみよう。すでに俺が教室に入った時点で菊の花は置いてあった。それが何を意味しているのか」

「お前が容疑者から除外されるってのは気に食わないが、まあいいだろう。教室に入る間際、廊下で不審な奴を見かけていないか？」

「それはない。怪しい奴とすれ違った記憶もない。あっ、ちょっと待て……」

神崎はあごに手を置いた。しばらく何やら思案していた神崎は、やがて喉を鳴らして笑い始めた。

「何が可笑しい？　気持ち悪い野郎だな」

黒木が不機嫌そうに言うと、神崎が咳払いをしてから言った。

「わかったんだよ。俺たちは決定的な勘違いをしているようだ」

「勘違い？」

「そうだ。今朝、空調機器の故障で教室が変更になったことは憶えてるな？」

それは憶えている。いつもの教室に向かうと、空調機器の故障により教室が変更になるという連絡事項が黒板に書かれていた。

「黒板にあれを書いたのは俺なんだよ」神崎があっさりと言った。「今朝、俺は普段使っている教室に向かった。俺が教室に入ったとき、まだ誰も来ていなかった。しばらく待っていると教官が入ってきて、俺に教室変更を伝えたんだ。俺は黒板にその旨を書いて、変更になった教室に向かった」

つまり、そういうことか……。神崎が笑った理由が富田にもわかった。黒木が話を整理する。

「要するに教室変更を知ったのは教官以外ではお前が最初ってことだな。そして変更になった教室に向かうと、すでに机の上には菊の花が置いてあったわけだ」

「ああ、そうだ」神崎が答える。「犯人は富田を狙ったわけじゃない。二時限目にあの教室のあの席に座るであろう人物に向けて、犯人は菊の花を置いたんだ」

「徐々に真相に近づいてきたって感じだな」黒木が腕組みをしながら言った。「次のステップだ。二時限目にあの席に座った奴が誰なのか。それを特定しようじゃないか」

富田は黒木の顔を見た。菊の花は自分を狙って置かれたものじゃない。それがわかっただけでも満足だったが、黒木はこの一件から降りるつもりはなさそうだ。

富田の心境を代弁するように神崎が言った。

「まだ続けるつもりなのか、黒木」

「当然だろ。乗りかかった船だ。進展があったら連絡する」

そう言って黒木は立ち上がった。富田もそれに従う。神崎は何か言いたげな表情でこちらを見上げていたが、富田は黒木を追って食堂から出た。

「ところで富田」隣に追いつくと黒木が言った。「朝のジョギングで見かけるが、お前かなり足が速いな。本格的に陸上をやっていたのか？」

「まあな。大学時代のことだけどね。今でも休日には外出願を申請して、外を走ってる」

事前に申請が必要になるが、祝日を含む休日には外出も可能だ。もちろん門限までには戻らなければならないし、行く先も伝えておかなければならない。

「変な奴だな。せっかくの休みにわざわざ走るのかよ。俺たち毎日走らされているじゃねえか」

「朝のジョギングなんて、あんなのは走るうちに入らない」

休日に走る距離は十キロほどだ。近くの公園の周りを走ったあとで銭湯で風呂につかり、そのまま寮に戻る。それが富田の休日の過ごし方だった。本音を言えば毎日でも走りたいところだが、警察学校のルールでそれは許されていない。

「今、この学校にお前より速い奴がいると思うか？」

突然の質問に驚いた。しかし黒木の顔が真剣だったので、富田はしばし思案した。

朝のジョギングでいろんな奴のフォームを見たが、本格的に陸上をやっていたような奴はいない。二流といえども四年間も大学の陸上部で汗を流してきた。正直、この学校では誰にも負ける気がしない。

「自信はある。でもこればかりは走ってみないとわからないな」

寮の前に辿り着いた。腕時計に目を走らすと、消灯まであと一時間しかない。黒木を見ると、彼の口元に笑みが浮かんでいた。

「何が可笑しい？」

富田が訊くと、黒木ははぐらかした。

「いや別に。何でもない」

どういうことだろう。その真意を計りかねていると、黒木は寮の中に入っていってしまった。富田はその場で立ち止まり、黒木の背中を見つめていた。

不思議な男だ。今回の件に首を突っ込んだのはおそらく気紛れだろうが、少なくともこれまで富田が会ったことのないタイプの男だった。

久しぶりに会話らしい会話をした。そんな気がしていた。


翌日の昼休みのことだった。黒木に呼び出され、グラウンドの片隅に向かった。すでに黒木と神崎はグラウンド脇のフェンスにもたれていた。

「早速だが二時限目にあの席に座った奴がわかった」富田が来るのを待ちわびていたように黒木が言った。「意外な人物が浮上したぞ。面白いことになってきた」

「もったいぶるなよ、黒木。一体誰なんだ？」

神崎が急かすと、黒木が答えた。

「松島だ。松島奈緒子《なおこ》だ」

昨日の昼休みに食堂で見かけた女性で、富田たちの期を代表する顔の一人だ。どこかで小耳に挟んだのだが、その美貌が評判を呼んですでに警視庁の広報から取材の申し込みがきているらしい。

「あれほどの女だ。誰が告白して振られたとか、いろいろな噂を耳にする」

昨日見かけた松島の顔を思い浮かべる。まるでファッションモデルのようだった。男が放っておくはずがない。

厳密な決まりがあるわけではないが、校内での恋愛は御法度とされている。ただ男と女である以上、何が起きても不思議はなく、ひそかに交際している連中もいると聞いたことがある。

「俺の情報によると現在は松島はフリーだ。菊の花を置いたのは、おそらく振られた男の腹いせだろうな」

黒木がそう断言した。振られたことに対する仕返しということか。しかし結果としては菊の花が松島の目に留まらなかったことが、せめてもの救いかもしれない。

「とにかくだ、俺は犯人を特定したいと思ってる」

黒木がそう言うと、神崎が反論した。

「もういいじゃないか、黒木。男と女のくだらない痴話喧嘩だ。他人の俺たちが首を突っ込むことはない。実際に松島は被害に遭ったわけじゃないだろ」

「いいや、俺は手を引くつもりはない。振られたからといって腹いせに菊の花を用意して嫌がらせをする。男の風上にも置けない野郎だ。ここは高校じゃない。警察学校だ。そんな真似をする野郎が警察官になるなんて許されるわけがない。見つけ出して性根を叩き直してやろうじゃないか」

神崎は黙って黒木の話を聞いている。やや表情が硬いのは気のせいか。黒木もそれに気づいたのか、神崎に向けて言った。

「どうした？　優等生。何か言いたいことがあるなら言ってみろよ」

逡巡していた神崎だったが、やがて口を開いた。

「俺も……容疑者の一人だ。松島に振られた男の一人だ」

一瞬、耳を疑った。神崎が……松島に振られた？　神崎という男の人物像が恋愛というイメージとは結びつかず、富田は半ば混乱した。それでも黒木はいたって冷静に訊く。

「優等生でも恋をするってことだな。振られたのはいつのことだ？」

「……二週間前のことだ。これ以上は言いたくない。でも誓って菊の花を松島の机に置いたのは俺じゃない」

信じてもいい。富田はそう思った。まともに口を利いたのは昨日が初めてだが、姑《こ》息《そく》な手段で女に仕返しをする男とは思えない。

神崎が頭を下げた。

「頼む、黒木。この件から手を引いてくれ。お前がいろいろ訊き回ることで、あらぬ噂が流れるかもしれない。それで傷つくのは彼女だ」

「純愛だな、純愛」黒木が小さく笑った。「でもいいのか。菊の花を置いた野郎は野放しになるぞ。またそいつが松島に嫌がらせをする可能性も否定できない」

「だから俺に任せてくれ。心当たりがないわけじゃない」

黒木と神崎が見つめ合っていた。先に視線を逸らしたのは黒木の方だった。グラウンドの方に目を向けながら、黒木が言った。

「了解だ、神崎。俺はこの件から手を引く。すべてお前に任せてやってもいい。いずれにしても犯人のターゲットが富田じゃないとわかった時点で、俺の目的は半分以上は達成しているわけだしな。ただし一つだけ条件がある」

「条件？」

黒木はグラウンドを見つめている。昼休みのグラウンドではサッカーやソフトボールに興じている者が多い。昼休みの遊びというより、シュート練習やティーバッティングといった本格的な練習という趣だ。

「体育祭の件だ。神崎、もし俺に手を引いてほしかったら、俺の言う通りにしろ」

来週、体育祭が行われる予定になっていた。警察学校の年間行事として、体育祭は大きなイベントだ。教場対抗でサッカーやソフトボールをして、より団結力を高めるのが目的で、例年かなりの盛り上がりを見せるらしい。同じようなイベントとして柔剣道大会や逮捕術大会などがある。今、グラウンドで汗を流す連中も、体育祭を見据えて練習しているのだ。ただ富田の教場は優勝するには戦力的に乏しく、それほど練習に熱を入れていない。

「どういうことだ？」

黒木の意図を摑めないようで、神崎がややうろたえていた。黒木が言う。

「体育祭の件で、俺に考えがある」

実は今、校内を大きく揺るがしているのは体育祭の開催の是非だ。

現在、毎日のように新聞やテレビで報道されているのが、某カルト教団によるテロ事件だ。今年の春、まだ富田が警察学校に入校する前のことだった。都内の地下鉄で毒ガスによるテロ事件が発生し、日本中を震撼させた。すぐに某カルト教団の犯行であることが特定され、警視庁は捜査を開始した。

警察への注目度が高まる中、体育祭を開くのはどうか。そんな意見が囁かれ始めたのは二週間ほど前のことだ。

三日後の金曜日に、各教場で緊急ホームルームが開かれ、体育祭の開催の是非について協議することになっていた。各教場の意見を反映させて、開催の是非を決定するという話だが、すでに警察学校の上層部は中止を決定しているという噂も耳にする。

「いいから俺の言う通りにしろ。決して悪いようにはしないから」

黒木が涼しい顔でそう言った。

それから三日がたった。四時限目の終了後、緊急のホームルームが開かれた。

「皆も知っての通り、最近カルト教団が世間を騒がせている」

担当教官はそう切り出した。その言葉に教室の誰もがうなずいた。

「来週には体育祭が行われる予定だが、今日はその開催の是非について、皆の意見を聞かせてほしい」

誰も意見を言おうとしない。富田は前方に座る神崎を見たが、背中が見えるだけだった。後ろを振り返って黒木を見ると、彼は腕を組んで頭を垂れている。まさか居眠りをしているわけではないだろう。

「どうだ？　遠慮しなくていいぞ。忌憚《きたん》のない意見を聞かせてくれ」

担当教官が教室を見回しながら言う。こんなときに真っ先に手を挙げるはずの神崎が今日に限っては沈黙を貫いている。

痺れを切らしたのか、担当教官が指名した。

「神崎、何か意見はないか？」

「はい」神崎が立ち上がる。しばらく間を置いてから、神崎は小さく頭を下げた。

「申し訳ありません。まだ意見がまとまっていません」

やや意外そうな顔を神崎に向けてから、気をとり直したように担当教官は別の者を指名した。立ち上がった男が言った。

「結論から申し上げますと、体育祭の開催は見合わせるべきだと思います。昨今の警察に対するマスコミの注目は並大抵のものではありません。巡査を拝命している以上、我々も警察官である自覚を持つべきです」

これ以上ないほどの正論だ。男の発言がきっかけとなり、次々と手が挙がる。市民の目があるため呑気にサッカーをやっている場合ではない。この非常時に体育祭を開催すること自体に意義がない。言い方に差はあったが、すべてが体育祭の開催を見合わせるべきという意見だった。体育祭を開催すべきだという強行論が出てくる空気ではなかった。

「体育祭の開催は見合わせるべきである。それがこの教場の総意と考えて間違いないな」

担当教官が言った。落ち着くべきところに意見が落ち着いた。そんな満足げな表情だ。富田自身は別に何とも思わなかった。体育祭が中止になっても構わない。しかし黒木の動向が気になった。

「では我々の意見としては……」

担当教官が締めの言葉を吐こうとした瞬間、教室の後ろで一本の手が挙がった。黒木だった。

「私は体育祭を決行すべきだと考えます、教官」黒木が立ち上がって言った。「自粛すべきだという意見も理解できます。しかし我々はまだ警察官として一人前ではなく、現場に行って諸先輩方のお手伝いをすることはできません。それならば与えられたカリキュラムを、つまり年間行事である体育祭を粛々と実行するのが我々にできることではないでしょうか」

「ちょっと待ってください」一人の男が手を挙げる。「黒木の言わんとしていることもわかりますが、納得できるものではありません。さきほど誰かも発言していましたが、我々がサッカーに興じている姿を市民の方が見たら何と思うでしょうか。もしもその写真などがマスコミに流れたとしたら、この警察学校、いや警察全体の信頼を損なうかもしれません」

黒木の顔つきが気になっていた。男が熱弁をふるっていても、涼しい顔をしてそれを聞いている。

再び黒木が立ち上がり、発言した。

「私が提案したいのは」黒木はそこで言葉を切り、もったいぶったように周囲を見回す。「体育祭の代わりにマラソン大会を開催したらどうか、ということなのです」

その言葉に教室がどよめいた。小声で隣の者と話し始める輩もいた。どよめきが収まるのを待ってから、黒木が再び口を開く。

「すでに素案は考えました。教場対抗のマラソン大会です。一周四百メートルのトラックを二十周、つまり八キロです。全員のタイムを測定し、合計タイムが最も短かった教場が団体の部の優勝。それ以外に男女別に上位十人には個人の部のポイントを与え、団体の部のポイントと合算して総合優勝を決めます」

かなり具体的な案だった。悪いようにはしない。黒木はそんな風に言っていた。最初からこのアイデアを練っていたということか。

「持久力も警察官に必要であるはずです」黒木が余裕の顔で言う。「しかし朝のジョギングを見ていても、悲しいかな、日課を淡々とこなしているだけにしか私には見えません。それにマラソン大会であれば、たとえそれを市民に見られても何の問題も生じません。サッカーやソフトボールでは不都合があるでしょうが、我々が苦しそうに走っている姿を見て文句を言ってくる市民などいないでしょうから」

富田は内心笑った。そう言う黒木自身が最もジョギングで手を抜いている張本人だからだ。眠そうな目をこすりながら徒歩のようなスピードで走る黒木の姿を何度も目撃している。

「はい、教官」

手を挙げたのは神崎だった。発言を許可され、神崎が立ち上がる。教場のリーダーとして誰もが認める男の発言に、教室中の注目が集まった。

「私も黒木君の意見に賛成です。一考の余地はあるのではないでしょうか」

教室がどよめく。神崎が黒木側に回ったことにより、形勢が逆転した。次々と手が挙がり、黒木の意見に賛成する声が寄せられた。元々警察官は体育会系の運動部出身者が多い。たとえマラソンであっても座学から解放されればそれに越したことはない。そう思うのは当然の帰結だった。

しばらく議論は続いたが、最終的に黒木の案が採用されることになった。この教場の意見としてマラソン大会実行案が担当教官から提出され、審議されるのだ。すでに上層部では中止というのがほぼ決定事項になっているだろうし、黒木の意見が採用される保証はどこにもない。それでも黒木の周囲には何人かが集まり、細かいポイントや給水方法などが話し合われていた。

神崎の方を見ると、彼は腕を組んで何やら考え込んでいた。

翌週、マラソン大会の当日となった。よく晴れた日だった。気温は二十度。清々しい陽気ではあるが、照りつける日光が眩しかった。

結局、体育祭の代わりにマラソン大会を行うという黒木の意見が採用された。走っている姿だったら誰に見られても不都合はない。そう上層部も判断したのかもしれない。

すでに大会は佳境に入っている。一斉にスタートを切ることができないため、十五分ごとにスタートしていく。計測されたタイムはすぐにスピーカーで発表され、教場ごとの順位も決まっていくのだ。富田たちの教場は現在二位につけていた。

「よう、エース。何かアドバイスをくれよ」

振り返ると黒木が立っていた。黒木は次にスタートを切る組に入っている。最終組の一つ前だ。

「水分を補給しろ。途中で一回、もしくは二回。それから先頭を走るな。意外に風があるから、誰かの背中で風をしのげ」

「了解。風をしのぐんだな」

黒木が素直に返事をした。この一週間、どの教場でも大会に備えた取り組みがされていた。富田の教場でも自由時間に記録会なるものを行い、全員のタイムを計測した。結果は富田がダントツの首位で、遅いタイムを持つ者のフォームの指導を頼まれたりもしたが、悪い気分ではなかった。担当教官に出していた退職願も撤回する羽目になってしまった。

「面白いことがわかったぞ」黒木が言った。「本人は絶対に口を割らないはずだが、たしかな情報だ。松島の友人に話を聞くことができた」

松島奈緒子。神崎を振ったという例の女性だ。黒木が続けた。

「実は逆だったんだ。松島が神崎を振ったんじゃなくて、神崎の方が松島を振ったんだよ」

「どういうことだ？」

「松島はかなり神崎に熱を上げていたらしい。でもな、神崎はきっぱり断ったそうだ。警察学校を卒業するまでは付き合えない。そう言ったらしい。まったく馬鹿な奴だぜ。卒業する頃には松島は別の誰かの腕の中だ。絶好のチャンスを逃したんだよ、あいつは」

口は悪いが、黒木の口元には笑みが浮かんでいる。松島の評判を傷つけないよう、あえて逆のことを言った神崎を見直したような口振りだった。

「じゃあ行ってくる」

黒木がそう言ってスタート地点まで向かっていく。しばらく待っていると号砲が聞こえ、黒木たちのグループが出走した。最初は団子状態だったが、一周目を終える頃には長い集団が形成されていた。黒木は三番手の好位置につけていた。

「調子はどうだ？」

隣を見ると神崎が立っていた。神崎はまだ走っていない。彼は富田と同じ最終グループに入っていた。

富田の教場では記録会のタイムを参考に走る順番を決めていた。後ろにいけばいくほどタイムがいい者が出走する追い込み型だ。神崎は富田に次ぐ記録を持っていた。幼い頃から剣道をやっていて、足腰はできているようだ。走りを見ただけでそれくらいはわかる。

「まあまあだね。でもどのグループも好タイムが出ているようだ」

「別に日本記録を出してくれとは言わない。お前が個人の部で優勝すれば総合優勝もぐっと近づく」

現在のところ一位のタイムは三十二分台だ。意外に速いタイムに正直驚かされた。一キロあたり四分のペースだ。大学時代ならともかく、絶対に切れるタイムとは言い難い。一キロ三分台前半のタイムで走破しなければ優勝は難しいかもしれない。

「最終グループも強敵が揃っているらしいからな。まあ頑張ってみるよ」

「アップはいいのか？」

神崎に訊かれ、富田は答えた。

「ああ、大丈夫だ。あとはスタートを待つだけだよ」

「実はな、いろいろ考えた結果、菊の花を置いた男が誰かわかったんだ」

神崎がそう言った。しかし富田は興味が湧かなかった。振られた女に嫌がらせをする奴に興味などない。今はレースに集中したい気分だ。

「証拠はない。論理を積み上げた結果だ」神崎はそう前置きしてから言った。「菊の花を置いたのは黒木だ。それ以外に考えられないんだ」

「ちょっと待て、神崎。話が見えない。どういうことだ？　黒木が菊の花を置いたって……」

「いろいろ考えてみたが、腑に落ちないのが動機だった。振られた女に対する嫌がらせで、菊の花を机の上に置く。あまりに幼稚な悪戯だと思わないか。もしも松島に精神的ダメージを与えたいなら、ほかにいくらでも方法はあるはずだ。そこで俺は考え方を変えてみた。結果だけを考えてみたんだ」

「結果？」

「そうだ。つまり犯人が菊の花を置き、何が起きたのか。結果として三つのことが起きた」

　菊の花を置いた結果、起きた三つの現象。神崎の推理についていくために、富田は必死に頭を働かせた。冷静な口調で神崎は続ける。

「まず一つ目は、お前が退職願を撤回して、警察学校に残る道を選んだことだ」

　それは事実だ。もし今回の件がなければ、自分は早々と警察学校を去っていただろう。半ば強引に黒木に引き止められ、気がつくと退職願を撤回していた。

「そして二つ目として俺は黒木に弱みを握られ、例のホームルームで黒木の意見に賛成せざるをえなかった。そして最後の一つが、今俺たちの目の前で繰り広げられているこの光景だよ」

神崎がトラックに目をやった。それにつられて富田もトラックを見る。ジャージ姿の男女が走っている。先頭集団に目を向けると、黒木はまだ三番手で追走していた。

富田は言った。

「中止になるはずの体育祭が、マラソン大会になったということか？」

「そういうことだ」神崎がうなずく。「この三つを実現したいがために、犯人は机の上に菊を置いた。となると犯人は一人しかいない。マラソン大会実行案を提案した黒木だ」

「でもな、神崎」富田は神崎の推理に穴を見つけた。「教室変更があったのは予想外の事態だ。空調が壊れなかったら、あの日松島の手に菊の花が渡るはずだったんだ」

「それとなく教官に訊いてみたら、空調の故障の原因はちょっとした配線の断線らしい。ある程度電気に明るい人物だったら、ハサミがあれば引き起こすことができるはずだ。そしてもう一つ、あの朝、教官室に電話がかかってきたらしい。空調が壊れているため、教室を変更したらどうでしょうか、となる。電話をかけてきた人物は、富田、お前の名前を名乗ったようだ」

「そんな電話……かけた覚えはない」

「すべて奴が目論んだことなんだよ。お前と松島が教室の同じ席に座っているという偶然を利用し、奴はお前と俺を巻き込んで、このマラソン大会の開催まで漕ぎつけた」

富田はトラックを走る黒木に目をやった。あごが上がり始めているが、走り自体はまだ力強い。前を走るランナーの背中を追走している。

「だが証拠は一切ない」神崎が口元に笑みを浮かべながら言った。「すべてが俺の空想でしかない。おそらくあいつのことだ。問い詰めたところで笑って誤魔化すだろうよ」

スピーカーからアナウンスが聞こえ、最終グループの出走時間が近づいていることが告げられた。神崎と並んでスタート地点に向かう。

すでに選手たちは揃っていた。神崎とともにスタートラインに並ぶ。走り終えた選手たちはトラックの中で教場の仲間たちに声援を送っていた。

気持ちを入れ替えて、富田はその場で足踏みをして、軽くアップを開始した。スタートまであと一分を切っている。隣で神崎が言った。

「三つのことが起きたと俺は言ったが、これからもう一つが追加されるかもしれない」

富田は何も言わずに神崎の顔を見た。

「優勝だよ。俺たちの教場が優勝できるかもしれないんだ」

神崎のような優秀な奴も何人かいるが、総合的には富田の教場は中の下といったあたりだ。普通に体育祭が開かれていても、優勝は無理だったはずだ。

「俺たちの教場に勝利をもたらす。そのために奴は今回の件を仕組んだのかもしれないな」

教官がピストルを手にスタート地点の前に立つ。富田は腕時計のストップウォッチ機能を呼び出し、ボタンを押す準備をした。隣で神崎が続けた。

「勝てよ、富田。お前なら勝てる。お前は俺たちの仲間だ」

教官がピストルを頭上に上げる。次の瞬間、号砲が鳴り響いた。

腕時計のボタンを押してから、富田は走り出した。

回想を頭から振り払って、富田は前を走る男の背中を見つめた。差は十五メートルほどだ。男の背中を追い始めてからすでに二キロ以上走っている。田無の繁華街に近づいてきて、通行人も徐々に増えてきている。

あのマラソン大会で富田は見事優勝することができた。さらに富田たちの教場は総合優勝を果たした。あの日以降、少しだけ自分に自信を持つことができるようになった。あれがなかったら一度出した退職願は撤回しなかっただろう。

黒木と神崎とは今でも年に数回は顔を合わせる。水と油のような二人だったが、どこか縁があるというか、今は池袋警察署で二人とも刑事をしている。

胸ポケットの中で携帯電話の着信音が聞こえた。走りながら携帯電話をとり出すと、またメールが届いていた。黒木からだった。時間と場所が短く記されているだけの素っ気ないメールだ。

会っても話をするのはあの二人で、富田は彼らの愚痴を一方的に聞かされるだけだが、それでもあの二人と会うのをいつも楽しみにしている。

携帯電話をポケットにしまったそのときだった。不意に目の前を走る男が動いた。向こうから走ってきた自転車の籠からバッグのようなものを奪ったのだ。自転車に乗っていた中年の女性は、思わずバランスを崩して自転車ごと倒れた。弾かれたように富田は倒れた自転車の元に駆け寄る。

「大丈夫ですか？　大丈夫ですか？」

富田が声をかけると、中年の女性が顔を上げた。

「え……ええ、ちょっとびっくりしちゃって」

怪我はないようだ。富田は早口で言った。

「すぐに警察が来ます。それまでここで待っていてください」

顔を上げて、逃げた男の姿を捜す。すでに男は走り去ったあとだったが、五十メートルほど向こうに紺色のジャージを着た男の背中が小さく見えた。

慌てて走り出した。五十メートルの差は大きいが、このまま見逃すことはできなかった。走りながら携帯電話を開き、勤務先である田無駅前交番に電話をかける。電話に出た上司に対し、息を切らしながら富田は告げた。

「俺です、富田です。ジョギング中にひったくり犯と遭遇しました。現場は田無七丁目の交差点付近。被害者は初老の女性、大きな怪我はない模様。犯人は今、新青梅街道を練馬《ねりま》方面に向かって逃走中。紺色のジャージ。中肉中背の男性です。自分はこのまま追跡します。至急配備をお願いします」

電話を切り、走るスピードを上げた。まだ男の背中は見えている。その差は少しずつ縮まっているように感じた。

目の前にある歩行者用の青信号が点滅を始めた。何とか赤信号に変わる前に横断歩道を渡りきった。

携帯電話を握る手が汗ばんでいる。絶対に逃がすわけにはいかない。走ることで犯罪者に負けてなるものか。勤務中は装着している重い装備も今はなく、負けてはいけない条件だけが整っている。

富田はさらにスピードを上げ、アスファルトを強く蹴った。

第五話　遺言

「悪い、遅くなっちまった」

　そう言って黒木が店にやってきたのは午後七時を過ぎた頃だった。署を出る間際に黒木が上司に呼び止められ、神崎だけ先に署を出てきたのだ。何度か足を運んだことがある海鮮系を売りにしている居酒屋だ。たまたま案内された席が宴会をしている座敷の近くにあり、そこでは若いサラリーマン風の男たちが顔を真っ赤にして騒いでいる。

「うるさいな。店を変えるか」

　座敷に目をやって黒木が言った。それを聞いて神崎は答える。

「もう注文してしまったしな。それだけ食ったら別の店に移るのも手だな」

　座敷では新入社員の歓迎会が開かれているようで、三人の男が緊張した面持ちで挨拶している。その挨拶を茶化す声が方々で聞こえた。

「歓迎会か。そういえばそろそろ新人が入ってくるんじゃないか。神崎、うかうかしていられないぜ。いつまでも若手気分のままじゃ出世レースから脱落するぞ」

そういう黒木自身が出世レースとは無縁の道を独走している刑事だ。神崎が池袋署刑事課強行犯係に配属になり、二年の月日がたっている。初めて池袋署に配属された日のことを神崎は決して忘れないだろう。

二年前のあの日のことを、神崎は思い出した。

「このたび池袋署に配属された神崎です。強行犯係の皆さまにおかれましては、よろしくご指導ご鞭撻《べんたつ》のほど、お願い申し上げます」

神崎が頭を下げると、強行犯係の面々がパラパラと拍手をした。ここは池袋警察署刑事課のフロアだ。割りと年配の刑事が多く、おそらく自分が最年少といってもいいだろうと感じた。係長の末長が神崎の肩に手を置いた。

「というわけだ。みんなよろしく頼むぞ。いろいろ教えてやってくれ。歓迎会の日程は早々に連絡する。店の希望があったら俺に言うように」

異動というのは何度繰り返しても慣れないものだ。新しい職場に配属されるたびに、違う環境でゼロから人間関係を構築しなければならない。すでに荒川警察署で刑事として三年のキャリアを積んでいる神崎だが、定期人事異動で池袋署に配属されると知ったとき、心の中に緊張が走った。池袋警察署は渋谷、新宿などと並んで大規模分類に入る警察署だ。署員の数も多く、それは犯罪が多いことを意味している。

「引き継いだ事案を頭に叩き込むことから始めろ。それから管轄内の地理を覚えることも忘れずにな。仕事に追い回されているうちに徐々に慣れてくるだろう。そういえばお前、黒木の同期なんだってな」

末長に言われ、神崎はうなずいた。

「ええ。黒木とは警察学校の同期です」

黒木とは警察学校を卒業してからも年に一、二度の割合で顔を合わせている。警察官とは思えない飄々とした軽薄なタイプだが、それでいて鋭いところを感じさせる不思議な男だった。昨日の夜も黒木からメールが入り、今日の昼飯は旨いラーメンを奢ってやると記されていた。

「今日は初日だから、あいつに署内の案内をさせるつもりだったんだ。ロッカーの手配も全部あいつに任せてあるんだが……」末長は腕時計に目を落とした。「あの野郎、まだ来ていないようだ。まったくどこで油を売っているんだか」

すでに朝の九時になろうとしている。定時に署に来ていないというのに、末長の口調にはそれを咎めるような気配が感じられない。末長が顔を上げて言った。

「神崎、初仕事だ。お前、黒木を捜して連れてこい。黒木の自宅は知っているか？」

「はい。知ってます」

「誰か、黒木が最近足を運んでいる店を知っているか？」

末長が声をかけると、デスクに座っていた一人の刑事が立ち上がった。角刈りのいかにも刑事といった風貌の男だった。

「黒木だったら、最近は西池袋の〈ドルフィン〉っていうキャバクラに入り浸ってますよ。あの野郎、調子に乗っているんですよ。先月の検挙数がナンバーワンだったもんで」

角刈りの刑事が一枚の名刺を神崎に渡してきた。〈ドルフィン〉というキャバクラ店の名刺だった。調子に乗っている、と毒づく割りに、角刈りの男の表情は穏やかなものだった。愛されているといってはおかしいかもしれないが、すでに黒木は池袋署で自分の立ち位置を確保しているように感じられ、神崎は素直に感心した。それに結果も出しているようだ。自分もうかうかしていられない。神崎は気を引き締めた。

「よし神崎。黒木を見つけてここに引っ張ってこい。何かあったら俺に連絡しろ」

末長の声に送り出されて、神崎は強行犯係をあとにした。

それから一時間半が過ぎ、神崎はあるマンションの前に立っていた。西池袋の繁華街から一本奥まった通りにあるマンションだった。携帯電話の地図を手にようやく辿り着いたのだ。

黒木の自宅マンションは案の定もぬけの殻で、神崎はすぐに〈ドルフィン〉というキャバクラに向かった。店は営業時間外だったが、根気強くドアを叩いていると、目をこすりながら若い男が顔を覗かせた。男は店のボーイをしており、同棲していた恋人にアパートを追い出されてしまい、今は店の倉庫に寝泊まりしているらしい。

黒木という男を知っているか。神崎が訊くと、ボーイの男はうなずいた。昨夜も店を訪れ、深夜一時に店を出たという。大学生バイトの女と一緒だったようだ。警察手帳を見せると、すぐにボーイは女の履歴書をコピーしてくれた。

女の名前は氏原彩乃《うじはらあやの》という、高田馬場にある四年制の私立大学に通う二年生だった。大学生という身分の割りに、いいマンションに住んでいた。神崎も池袋署に配属が決まってから物件探しで不動産会社を何軒か見て回ったが、おそらく自分が住み始めたマンションよりも家賃は高そうだと感じた。

オートロックのボタン表示に目を落とす。氏原彩乃は五〇三号室に住んでいた。五〇三とボタンを押しても、何の応答もない。管理人直通のボタンが見えたので、神崎はそのボタンを押した。事情を説明する。

「池袋警察署の神崎と申します。こちらにお住まいの氏原さんにご用があって参りました。お留守のようですが、一応中に入って不在であることを確認させていただきたいのです。開けてもらってよろしいでしょうか？」

カメラのレンズが見えたので、それに向かって神崎は警察手帳をかかげてみせた。しばらくしてドアのロックが解除され、緑色のライトが点滅する。神崎は自動ドアからマンション内に足を踏み入れた。

初老の管理人に挨拶をしてから、エレベーターで五階まで昇った。マンションの廊下には幾何学模様の絨毯が敷かれており、どこか高級ホテルを思わせる造りだった。廊下の突き当たりに非常階段を示す表示が見えた。

五〇三号室のインターホンを鳴らしたが、応答はなかった。しばらく待ってみても反応はない。ドアに耳を押し当てて、中の音に耳を澄ます。物音はまったく聞こえない。本当に不在のようだ。

どうしたものか。神崎はその場で思案した。つまり黒木は昨夜キャバクラを訪ね、そのまま店の女と姿を消したというわけか。さきほどから何度も黒木の携帯電話にかけているが、電源が入っていないらしく不在の通知が流れるだけだった。

履歴書に目を落とすと、連絡先として氏原彩乃の携帯電話の番号が記入されていた。神崎はその番号を入力し、発信ボタンを押す。黒木の携帯電話と同様、不在の通知が聞こえてきた。

もう一度履歴書を見る。緊急連絡先として固定電話の番号が記されている。東京のものではない。実家が茨城県《いばらきけん》つくば市となっていることから、そちらの番号ではないかと神崎は推測した。とりあえず実家に電話をかけてみることにする。三回目のコール音のあと、電話が繋がった。

「はい、氏原でございます」

女性の声だった。氏原彩乃の母親だろうか。神崎は言葉を選びながら慎重に話した。

「突然申し訳ありません。私は池袋警察署の神崎と申します。娘さんのことでお電話をさし上げた次第です」

「警察？　警察がいったい何の用ですか？」

訝しむような口調だった。無理もないことだ。警察から電話がかかってきて驚かない者などいない。しかも東京で一人暮らしをする娘の件で電話がかかってきているのだから。神崎は相手を安心させるように穏やかな口調で言った。

「いえ、たいしたことではありません。ある事件のことで、少し娘さんから事情を聞きたいと思っているんです。娘さん自身が事件に関与しているわけではないのでご心配なく。池袋のご自宅を訪ねたところ不在でしたので、ご両親なら彼女の居場所を知っているかもしれないと思いましてね。失礼ですが、お母様でいらっしゃいますか？」

返事はなかった。しばらく待っていると男の声が聞こえてきた。

「彩乃の父親だ。娘に何の用だ？」

「少し事情を聞きたいだけです。ある事件の裏付け捜査のためです」

「娘とはほとんど連絡をとっていない。そもそも俺は娘が東京で一人暮らしをするのに反対だったんだ」

その傲慢な口調から、父親は自営業者ではないかと想像した。勤め人であるならば、平日のこの時間に自宅にいることはないだろう。神崎はもう一度念を押した。

「娘さんの居場所に心当たりはないですね？」

「ああ」しばらく間を置いてから父親が言った。「娘を捜しても時間の無駄だ。旅行に行くとか言ってたからな。すまんが急いでいる。申し訳ない」

電話は一方的に切られてしまった。ひとまずこれまでに判明した事実を報告しなければならないだろう。まさか黒木の奴、職務を放り出して女と旅行に行くなんて馬鹿な真似はしないだろう。

神崎は末長の携帯に電話を入れた。昨夜〈ドルフィン〉の女と店を出て以来、黒木の行方が摑めないこと。さらに女の両親に確認したところ、女は旅行に行くと言っていたこと。神崎の報告を聞いた末長が、電話の向こうで溜め息をつくのが聞こえた。

「まったく黒木の奴。これで二度目だ。いくらあいつでも今度ばかりは大目にみることはできねえな」

「二度目、というのは？」

「半年ほど前のことだ。今日と同じように無断欠勤しやがって、夕方になって顔を現しやがった。適当に言い訳すればいいものを、あいつぬけぬけと言ったんだ。女と一緒にいました、ってな」

あいつらしいエピソードではある。黒木の異性関係は一言でいえば派手だ。警察学校の頃から外出届を出して女に会いにいっていたくらいだ。それも複数の女にだ。

「神崎、奴の行きそうな場所に心当たりがあったら調べてくれ。何もわからなかったら署に戻ってこい」

「了解しました」

携帯電話を切った。末長の話によると黒木は女絡みで無断欠勤をした前科があるようだ。だが神崎には信じることができなかった。黒木が同じ過ちを繰り返すような男とは到底思えなかった。

しかしだ。今の状況はどうだ？　黒木は昨日の夜から氏原彩乃というキャバクラ嬢と一緒に消えてしまっている。二人は行動をともにしているとしか考えられない。

神崎はもう一度だけインターホンを押したが、やはり応答はない。立ち去ろうとすると、幾何学模様の絨毯の上に一本の爪楊枝が落ちているのが見えた。長い間くわえていたもののようで、先端が折れ曲がっている。神崎は膝をつき、ハンカチを使って爪楊枝を拾い上げた。

「自宅は結構金持ちの子らしいっすね。建設会社だったかな。この店で働き始めたのは今年の春からです」

神崎は〈ドルフィン〉というキャバクラに戻り、ボーイに詳しい話を聞いてみることにした。自動販売機で買ってきた缶コーヒーを手渡すと、ボーイの男は氏原彩乃について話し始めた。

「箱入り娘っていうんですかね。今どき珍しく高校卒業するまでかなり躾《しつけ》が厳しい家庭で育ったみたいっすよ。こういうところでバイトをするのも親に対する反発っていうのもあるんじゃないすか。典型的な大学デビューってやつですかね」

神崎は携帯電話をとり出し、ネットに接続した。茨城、氏原、建設という三つのキーワードを入力して検索をかけると、すぐにヒットした。つくば市内に本社のある氏原建設。茨城県内では有数の建設会社で、主にマンションや大型店舗などを手掛けている会社らしい。

「ここ最近、彼女に変わった点はなかったですか？」

神崎が訊くと、ボーイの男が首を捻った。

「変わった点ですか。特になかったと思うけどなあ。俺、あまり店の女の子と話さないし」

「黒木は氏原彩乃さんと仲がいいんですよね。来れば必ず指名するんでしょう？」

「そういうわけでもないです。黒木さんは二ヵ月くらい前からたまに店に来てくれていました。ここ一週間ほどは毎晩店に来てましたけど、別に彩乃ちゃん目当てだったわけじゃないですよ。指名するのはいつも別の子だったし、一人でカウンターで飲んでる夜もありました。でもそこら辺がちょっと引っかかるというか……」

「どう引っかかるんですか？」

「うちの店、オーナーの方針で大学生は深夜一時までしか働かせないって決まっているんです。黒木さん、必ず一時になると会計して、彩乃ちゃんと一緒に店を出ていくんですよ」

それのどこがおかしいというのだろう。黒木には悪いが、大学生キャバクラ嬢に入れ上げている刑事という見方しかできない。黒木が大学生のキャバクラ嬢と夜の街に消えていく光景が目に浮かぶようだった。神崎の疑問に気づいたのか、ボーイの男が缶コーヒーを一口飲んで言った。

「前に黒木さんが話しているのを聞いたことがあるんです。黒木さんって変なルールを作っていて、学生には絶対に手を出さないって言ってました」

「学生には手を出さない？」

「ええ。俺が手を出すのは一人前の女だけだ。親の庇護《ひご》を受けているような小娘は俺の守備範囲じゃない。そう言ってました。だからおかしいと思ったんです。黒木さんと彩乃ちゃんが男女の仲であるとしたら、黒木さんは自分のルールを破ったことになりますよね」

ではなぜ黒木は毎晩のように彩乃と一緒に店を出ていくのか。ボーイの男が解せない点はそこだった。黒木はなぜ付き合ってもいない女を、毎晩のように送っていくのか。それとも自らに課したルールを破棄してしまったとでもいうのだろうか。

神崎は携帯電話を操作し、黒木の番号を呼び出して発信ボタンを押す。不在の音声が流れるだけだった。次に氏原彩乃の携帯電話にも電話をしてみたが、こちらも同様だった。

どこか胸騒ぎがした。本当に二人で旅行に行っているのであれば問題ないが、ボーイの話から黒木が大学生である氏原彩乃に手を出す可能性は低いように感じられた。付き合ってもいない女を毎晩送っていく理由とは何か。

最初に思い浮かぶのは護衛だ。彼女がストーカーなどに追い回されていて、その護衛のために彼女を送っていく。刑事である黒木なら適任だ。もしも彼女を護衛するために黒木は毎晩のように店に足を運んでいたのならば――。

額に汗が流れるのを感じた。時刻は午前十一時を回っている。二人が姿を消してから、十時間が経過しようとしていた。二人に不測の事態が生じたのであれば、一刻を争う問題だ。

氏原彩乃の実家に電話をかける。長いコール音のあと、やっと女の声が電話に出た。さきほど話した彩乃の母親だった。

「はい、氏原ですが」

「すみません、池袋警察署の神崎です。さきほどは失礼いたしました」神崎はすうっと息を吸った。ほかに方法はなかった。意を決して神崎は言う。

「ご心配をおかけして申し訳ありません。娘さんはさきほど見つかりました」

暗い部屋だった。高いところに丸い窓がついているが、そこから差し込んでくる陽射しは弱々しい。氏原彩乃は身動きがとれずにいた。後ろで両手を縛られているし、両足もガムテープで何重にも巻かれて拘束されている。さきほどから大声で叫んでいるが、誰も助けに来てくれない。壁は石膏《せっこう》ボードが剝き出しになっていて、解体中のビルの中のようだった。

壁の反対側には一人の男が横たわっている。池袋署の黒木だった。黒木も彩乃と同じく、両手両足を拘束されていた。黒木はかなり痛めつけられたようで、顔が腫れて頭から血を流している。高級そうなスーツも雑巾《ぞうきん》のように汚れてしまっていた。

死んでいないことはわかった。呼吸するたびに黒木の体が上下に揺れていたからだ。ただその息は微《かす》かなものだった。

彩乃は自分の頭を壁に押しつけるようにして何度もこすった。しばらくそうしていると、アップにしていた髪がばさりとほどけた。同時に髪を留めていたヘアピンが落ちるのが見えた。

体をよじらせて、ヘアピンを拾う。ヘアピンを右手に持ち、両手を縛っているガムテープにそれを突き刺そうとしたが、うまくいかずにヘアピンを落としてしまう。またやり直しだ。もう一度ヘアピンを拾い上げる。何度か同じことを繰り返しているうちに、徐々に要領が摑めてきた。ただこんなことをしていても逃げられるという保証はどこにもない。でも何もしていないよりはましだった。彩乃はヘアピンをガムテープに刺し続けた。手先が滑って手首に刺さってしまうことがあったが、今はその痛みに耐えるしかない。

咳込む声が聞こえた。見ると黒木が苦しげに唾を吐きだした。その唾には赤いものが混じっていた。

「黒木さん。ねえ、黒木さん」

黒木は池袋警察署の刑事だった。彩乃が働く〈ドルフィン〉というキャバクラの常連だ。お洒落だし、話術も巧みでとても刑事には見えず、店の女の子には人気がある。黒木が指名するのはいつも彩乃より年上のお姉さんたちだったが、たまにヘルプで黒木のテーブルについたときは嬉しかった。黒木は食通らしく、特にラーメンに目がないようで、池袋の美味しい店を教えてもらったこともある。実際に足を運んでみると、そこのラーメンは本当に美味しかった。

「黒木さん、大丈夫ですか。黒木さん」

声をかけ続けていると、黒木が薄く目を開いた。

「彩乃が、娘が見つかったんですか？　どこで見つかったんですか？　教えてください。娘は無事なんですよね？」

氏原彩乃の母親は電話の向こうで悲痛な叫び声を上げた。その声を聞き、神崎は確信する。間違いない。黒木と氏原彩乃は何らかの事件に巻き込まれたのだ。

「娘の声を聞かせてください。お願いします」

心が痛む。一瞬だけでも母親に希望の光を見せてしまったことに対して、責任を感じた。しかしほかに方法が思い浮かばなかった。

「氏原さん。誠に申し訳ありません。娘さんはまだ見つかっていないのです」

「えっ？」

「真実を話してください、氏原さん。さっきお父様とお話ししたとき、娘さんは旅行に行ったと仰いました。それを聞いて不思議に思ったんです。あまり連絡をとらない娘さんが旅行に行くことを、なぜお父様はお知りになったのでしょう？」

電話の向こうで母親は押し黙る。荒い息遣いだけが聞こえてきた。神崎は続けた。

「娘さんは誘拐されたのではないですか？」

「なぜ、それを……。違います。娘は誘拐なんてされていません」

さきほど電話したときに話した父親の口調から、おそらく彩乃の両親は娘の身に起きている事態を知っているような気がした。娘が事件に巻き込まれているというのに、それを警察に相談しない理由として、真っ先に考えられるのは誘拐だ。警察に知らせたら娘の命はない。そう脅されているのだ。

「氏原さん、我々警察を信じてください」神崎は穏やかな口調で語りかけた。「池袋署は娘さんの救出に全力を尽くします。犯罪者に屈してはなりません。お願いですから本当のことを話してください」

氏原彩乃の母親は沈黙したままだ。しかし電話が切れていないことに救いを感じた。拒絶したいのであれば、電話を切ればいい。

「ご主人に電話を替わっていただくことはできますか？」

「主人は……いません」

「そうですか。それでしたら奥様にお話ししていただくしかありません。氏原さん、受話器を電話機の脇に置いて、大きく深呼吸をしてください。それからキッチンに行って、水を一杯飲んで心を落ち着かせましょう。そして戻ってきたら、私にすべてを話してください。お願いします」

しばらくしてから受話器が置かれる音が聞こえた。神崎はハンカチをとり出して、額の汗をぬぐった。ずっと口を開けて神崎の話を聞いていたボーイの男が、ペットボトルのミネラルウォーターを渡してきた。受けとったミネラルウォーターを一息で半分ほど飲み干す。ボーイの男が小さくつぶやいた。「マジかよ、誘拐って……」

最初に違和感を覚えたのは、氏原彩乃の部屋の前で落ちている爪楊枝を拾ったときだった。何度も黒木と食事をしたことがあるが、黒木は必ずといっていいほど爪楊枝をくわえて店を出た。その爪楊枝をしばらくの間くわえているのだ。

氏原彩乃の部屋の前に落ちていた爪楊枝が、黒木のものであるという確証はない。だがもし黒木の落としたものであるのなら、なぜこんな場所に吐き捨てたりしたのかと疑問に思ったのだ。

あとは小さな疑問点の積み重ねだ。両親と話したときに感じた不審な点。ボーイの話。それらの話を総合的に判断した結果、二人は犯罪に、おそらくは誘拐事件に巻き込まれたのではないかという結論に達したのだ。

「すみません、お待たせしました」

電話の向こうで母親の声が聞こえたので、神崎は携帯電話を強く耳に押しつけた。

「刑事さんの仰る通りです。む、娘は誘拐されました。お願いします。娘を救ってください」

言葉の最後のあたりは涙声になっていた。神崎は冷静に問いかける。「詳しく話してもらえますか?」

「今朝のことでした。私が新聞をとりに行ったら、新聞受けの中に携帯電話が入っていました。ピンク色の携帯で、娘のイニシャルが入ったものでした」

母親はその携帯電話を家の中に持ち帰る。夫に相談しようとしたところ、いきなりその携帯電話が鳴り出した。

「男の声でした。娘を誘拐したので二千万円用意しろ。警察に連絡したら娘の身は無事では済まない。そう一方的に言って電話が切れました」

効果的なやり方だ。娘の私物を親元に送りつけることによって、娘の誘拐が事実であることを知らしめると同時に、警察に通報しようという意欲を失わせるのだ。おそらく朝の電話の時点で犯人は両親の家の近くで動向を見張っていたはずだ。

「私は警察に通報した方がいいと言ったんですが、主人は頑《かたく》なに反対したんです。金を払うだけで娘が戻ってくるならそれでいい。そう言ってました」

それからしばらくしてから、また娘の携帯電話が鳴った。電話に出た父親が取引に応じることを伝えると、相手は父親の携帯電話の番号を聞き出してきた。そして娘の携帯電話の電源を切るように指示を出してから、相手は電話を切った。

「すでにご主人は取引場所に向かっている。そういうことですね？」

神崎が訊くと、電話の向こうで母親は弱々しく返事をした。

「ええ。ちょうど刑事さんから最初の電話があってから、すぐにここを出ました。朝一番に銀行へ連絡して、現金で二千万円を用意するように伝えてあったんです。銀行に寄ってお金を受けとってから、そのまま東京に向かいました」

「東京？　取引場所は東京のどこですか？」

「池袋です。池袋サンシャインシティの水族館に午後一時ちょうどです」

神崎は腕時計を見た。時刻は十一時半になろうとしていた。取引の時間まであと九十分だった。今頃、氏原彩乃の父親は二千万円を持って、こちらへ向かっているはずだった。

「誘拐だと？　どういうことなんだよ」

氏原彩乃の母親との通話を切ってから、すぐに神崎は係長の末長に電話を入れた。神崎が報告をすると、半ば絶句したように末長は話に聞き入っていた。

「本当なんだな。本当に黒木は誘拐事件に巻き込まれたんだな？」

「ええ、間違いありません。娘の母親が口を割りました。取引場所は池袋のサンシャインシティ内の水族館です。すでに父親が金を用意して向かっているはずです。至急配備をお願いします」

「サンシャインシティの水族館といってもだな、どこから捜せばいいか見当もつかん。それに被疑者の顔もわからないし、その父親って奴の顔写真すらないんだぞ」

「インターネットを使ってください。娘の父親は茨城県つくば市内にある氏原建設の社長です。顔写真くらいはネットで拾えるかもしれません。茨城県警に連絡して、協力を要請した方がいいかもしれません」

「わかった。お前の話を信じよう。とにかくお前はいったん署に戻ってこい。とりあえず数人の捜査員をサンシャインシティに向かわせることにする」

「お願いします」

神崎は通話を切った。ボーイの男が面喰らったような表情で神崎に目を向けている。神崎はボーイの男に告げた。

「ご協力ありがとうございました。また事情を伺うことになると思います。氏原彩乃が誘拐されたことは誰にも言わないでください。よろしいですね？」

「は、はい」

そのまま立ち去ろうとした神崎だったが、ドアの前で立ち止まった。振り返ってボーイの男に訊く。

「氏原彩乃さんを誘拐した人物に心当たりはありませんか？　従業員、店の客。思い当たることがあったら教えてください」

「そんなこと言われても……」

ボーイの男はうろたえた。神崎には確信に近いものがあった。氏原彩乃は大学生だ。大学の関係者で彼女の誘拐を計画する者は少ないはず。となるとバイト先か、もしくは両親に近い者の犯行ということになる。

「思い出してください。犯人の条件は二つです。彼女の実家が茨城県内で建設会社を経営していると知っていて、同時に金に困っている者です。心当たりはないですか？」

しばらく考え込むようにボーイの男は首を捻っていたが、やがて顔を上げた。

「もしかして、園田《そのだ》兄弟かも」

「園田兄弟？　いったい何者ですか？」

「池袋で飲食店を経営している兄弟です。この店の常連で、彩乃ちゃんと同じ茨城県出身ってことで、よく彼女を指名していました。先月だったかな、会社が不渡りを出したって噂で聞きました。そういう噂が回るのは早いですからね、池袋は。だから最近は店にも訪れませんよ」

　話しているうちにいろいろ思い出してきたらしい。やや興奮した様子でボーイの男は唾を飛ばすように言った。

「そうだ、絶対あいつらですよ、刑事さん。二、三日前、俺は弟の方を見かけたんです。深夜ゴミを出しに外に出たら、店の前の路上に一台の軽自動車が停まってて、運転席に乗っていたのが園田兄弟の弟でした。ずっとベンツに乗ってたから俺の見間違いかなと思ったけど、やっぱりあれは園田でした。間違いないっす」

　ボーイの男は名字しか知らなかったが、それでも十分だった。飲食店を経営する園田兄弟といえば、池袋に詳しい署の誰かが知っているはずだ。

　ボーイの男に礼を言い、神崎は店を出た。腕時計に目を落とすと、すでに正午になろうとしていた。取引まであと一時間。黒木の奴、いったいどこに監禁されているのだろうか。

手首が痛かった。それでも彩乃は後ろ手に縛ってあるガムテープにヘアピンを刺し続けていた。徐々に緩《ゆる》くなってきているような気がする。

さきほどいったん目を覚ました黒木だったが、すぐにまた意識を失ってしまった。意識が朦朧《もうろう》としているのか、たまに意味不明のことを言ったりする。かなり衰弱しているようだ。

彩乃が帰りの夜道で人の視線を感じるようになったのは、十日ほど前のことだった。ストーカーかもしれない。怖くなった彩乃は一週間前に店を訪れた黒木に相談をした。すると黒木はボディガードを買って出てくれたのだ。

仕方ねえ、俺がお前の帰り道を警護してやるよ。謝礼は一晩につきラーメン一杯。どうだ？　悪くない条件だろ。

昨日も深夜一時過ぎに黒木と一緒に店を出て、ラーメンを食べてから自宅マンションに向かった。マンション内に入り、部屋の前に辿り着いたときのことだった。いきなり背後から電流のようなものを押し当てられ、彩乃の意識はそこで途絶えた。気がつくとここに監禁されていた。

携帯電話などの私物はすべてとり上げられてしまっている。腕時計もないので、今が何時かもわからない。それでも早く逃げないと黒木の命が危ないような気がした。彩乃は必死でヘアピンを動かし続けた。

「悪かったな、彩乃」

突然、黒木の声が聞こえた。顔を向けると、黒木は薄く両目を開いていた。

「黒木さん、大丈夫？」

「体中が痛いよ。でも自業自得ってやつだ。マンション内に入ってしまえば安全だ。そんな油断が俺の心の中にあったんだ。許してくれ」

「許すも許さないも、今はここから逃げることだけ考えようよ。もう少しで外《はず》せると思うから」

「まったくついてないぜ」黒木が息を吐き出した。「なあ、彩乃。お前には親友と呼べる奴がいるか？」

「親友？」

ヘアピンを動かしながら彩乃は訊き返す。黒木が横になったままの姿勢で答える。

「ああ。親友だよ。心を許せる友人だ」

友達ならたくさんいる。でも親友となるとどうだろう。こっちが親友だと思っていても、向こうにとってはただの友達だったりするかもしれない。彩乃は答えた。

「いないかも、親友とか」

「そうか。俺の親友でな、カンザキって奴がいるんだよ。俺と警察学校時代の同期だ。実は今日、そのカンザキって男が池袋署に配属される当日なんだ。同じ釜の飯を食った同期でも、池袋じゃ俺の方が先輩だろ。先輩風を吹かせて池袋の街を案内してやろうと思っていたんだ。旨いラーメンを食わせてやりたかったからな。それがこのザマだ」

黒木はそこで咳込んだ。口の中を切っているのか、黒木が吐き出した唾の中には血が混じっている。

「一人でいいんだ、一人で。親友が一人いれば、どんなピンチに陥《おちい》っても、そいつが助けに来てくれるかもしれないって信じることができるんだよ」

不意に後ろで縛られていた両手が軽くなったような気がした。彩乃は渾身の力を込めて、両手のガムテープを引き千切った。

「園田という兄弟の身許が割れました。兄の正一《しょういち》は四十二歳、三歳下の弟は正嗣《まさつぐ》です。二人が共同経営する園田フーズはかなりの負債を抱え込んでいたようです。これから二人の自宅である雑司《ぞうし》が谷《や》のマンションに向かいます」

「園田兄弟は池袋で五軒の居酒屋を経営していたようですが、大手チェーンに客をとられて、経営は苦しかったようですね。先月から五店舗とも休業状態にあるようです」

続々と情報が集まってきていた。神崎が署に戻ると、すでに同僚の刑事たちが動き出していた。インターネットで手に入れた氏原建設社長の顔写真を持ち、四名の刑事が現場のサンシャインシティに向かっていた。残りの刑事たちは署で情報収集に明け暮れている。警視庁にも応援要請が出され、十名以上の捜査員がサンシャインシティに向かっているはずだった。

「茨城県警から報告がありました」一人の刑事が声を上げた。「地元署の捜査員が氏原家に向かって事情を確認したところ、娘が誘拐されたことを母親が認めた模様です。それと自宅を出た父親の服装がわかりました」

その報告を受け、係長の末長が素早く指示を飛ばす。

「至急現場に向かった捜査員に伝えろ」

同僚の刑事たちが慌《あわ》ただしく動き回っている中で、神崎だけは一人とり残されたように自分のデスクに座っていた。さすがに配属された初日とあって、動こうにもどうちを振る舞っていいのかわからない。強行犯係の同僚たちの名前さえ、満足に覚えていないのだ。

「神崎、だったよな」

そう言いながら一人の刑事が近寄ってきた。今朝〈ドルフィン〉の名刺を渡してくれた角刈りの刑事だった。

「これが園田兄弟が経営していた店のリストだ。すぐに地図を出して、印刷してくれ」

「はい、わかりました」

神崎はリストを受けとり、住宅地図を手元に引き寄せた。リストの地番から地図を出して、それを二十枚ほど印刷した。店のあるビルに蛍光ペンでマーキングして、赤ペンで店の名前を書き込んでいく。

作業を進めながら、神崎は頭の中で考えていた。取引前だからという理由で、黒木たちが無事であるという保証はない。身代金の受け渡しの前に人質を殺害してしまった例も数多くあるし、それ以前に黒木は刑事だ。犯人が刑事を無傷で捕えておくとは到底考えられない。黒木だって抵抗するはずだから。

黒木、どこにいるんだ？　神崎は心の底で問いかけた。無事なんだろ。お前はそう簡単に死ぬような男じゃないよな、黒木。

壁の時計は十二時三十分をさしていた。取引の時刻まであと三十分だった。

デスクの上で電話が鳴り響いていた。同僚の刑事たちは情報収集で手が離せない様子だった。

神崎は慌てて受話器をとった。

ドアはびくともしなかった。両手のガムテープを解いた彩乃は、すぐに立ち上がって黒木に近づいた。黒木を拘束しているガムテープを外そうとしたが、男であることを考慮したのか、かなりきつく縛られているため、外すことは難しかった。そこで彩乃はドアに向かった。外からロックがかかっているらしく、ノブを回してもドアはまったく動かなかった。

絶望的な気分になる。両手両足が自由になったところで、この部屋から出られなければ意味がない。天井を見上げても、人が出入りできそうなダクトの入り口などは見当たらなかった。

「よく解いたな。なかなか根性あるじゃねえか、彩乃」

床の上で黒木が横たわったまま言った。たしかに自分でも驚いていた。火事場のクソ力っていうものかもしれない。両手の感覚がなくなっているし、間違ってへアピンで刺してしまったので手首のいたるところから薄く血が流れていた。

「ちょっと頼みがあるんだけど、いいか？」

黒木にそう言われ、彩乃は黒木のもとに歩み寄り、膝をついた。黒木の顔に耳を寄せると、彼が言った。

「ズボンのベルト、外してくれないか？」

一瞬、黒木が何を言っているのか理解できなかった。数秒後、黒木の言わんとしていることに気づいた彩乃は、思わず黒木の肩を叩いていた。

「馬鹿、何言ってんのよ、こんなところで。今はそういう状況じゃないでしょうに」

「違うって、誤解するんじゃねえ。俺は学生には手は出さねえって決めているんだ。いいからズボンのベルトを外してくれ」

黒木の口調が真剣だったので、彩乃は言われた通りに黒木のズボンのベルトを外した。黒木が続けて言う。「チャックを外して、パンツごとズボンを下ろしてくれ」

「何よ、それ。やっぱりやらしいこと考えているんじゃない」

「違う、そうじゃない。いいから言う通りにするんだ」

「もしかして、おしっこ？」

「いいから早く」

　彩乃は目を逸らし、そこに視線が行かないように注意しながら、黒木のズボンを両手で下ろした。何かが床に落ちた音が聞こえる。目を向けるとそこには一台の携帯電話があった。

「メインの携帯は奴らに奪われてしまった。でも俺は携帯を二台持っていてな、こっちはプライベート用だ。ここに連れてこられる車の中で、何とかパンツの中に一台を隠したんだ。さすがに奴らも俺のパンツの中までは調べることはしない。そう読んだんだよ」

　拾い上げるのを躊躇《ちゅうちょ》したが、今はそんな悠長《ゆうちょう》なことを言っていられないと考え直し、彩乃は携帯電話を拾った。携帯電話はやや温かい。

「電波、来てるか？」

　黒木の声に反応し、彩乃は液晶画面を見た。大丈夫だ。電波状態を示すアンテナは三本立っている。

「うん、電波もいいし、電池も残ってる。どうすればいい？　一一〇番に通報すればいいの？」

「ここの場所がわからない以上、一一〇番に通報しても意味はない。池袋署にかけるんだ。番号は東京〇三……」

黒木が言った番号を直接ダイヤルし、彩乃は携帯電話を耳に当てた。すぐに男の声が電話に出た。「お待たせしました。こちら池袋警察署刑事課強行犯係です」

「私、氏原彩乃といいます。今、そちらの黒木さんと一緒に監禁されているんです。お願いです、助けてください」

神崎は思わず受話器を持ったまま立ち上がっていた。本当なのだろうか。本当に彼女は氏原彩乃なのだろうか。神崎は周囲の者たちにも聞こえるように、あえて大きな声で電話の向こうに問いかけた。

「本当ですね？　あなたは本当に氏原彩乃さんなんですね？」

「そうです。私は氏原彩乃です。早く助けてください。早くしないと黒木さんが……」

ただごとではないと悟ったのか、周囲の刑事たちが神崎のもとに近づいてきた。一人の刑事が電話機を操作して、スピーカー機能をオンにした。

「黒木もそこにいるんですね？　黒木に替わってください」

神崎がそう言うと、しばらくして黒木の声が聞こえてきた。

「替わりました、黒木です」

「黒木、お前、大丈夫なのか？」

「その声は神崎だな。着任早々申し訳ねえな。俺としたことがドジを踏んじまったようだ。今、氏原彩乃と二人で監禁されている」

口調は普段と変わりがないが、呼吸が荒いように感じられた。やはり負傷しているのだろう。

「お前たち二人を監禁したのは園田という兄弟の可能性が高い。氏原彩乃の両親は身代金を要求されている。つまり誘拐だ」

「そんなことだろうと思ったぜ。すでに身代金は相手に渡ってしまったのか？」

「まだだ。でもお前がそれを心配することはない。それよりどこにいるんだ？　どこに監禁されているか、わかるか？」

「わからねえ。でも池袋から出ていないような気がする。車に乗せられていた時間もそれほど長くなかった。ここは……おそらく潰れた飲食店ってところだろうな」

神崎はその言葉を聞き、デスクにあったリストを手元に引き寄せてから、黒木に言った。

「犯人と思われる園田という兄弟はな、池袋で五軒の飲食店を経営していたらしい。不渡りが出たらしく、今は店は休業状態にあるようだ」

「上池袋と東池袋はあと回しにしていい。明け方、電車の走る音が東で聞こえたからな。小さな窓から朝日が差し込んでいたもんで、方角は間違いない」

まだ神崎はさほど土地鑑がなかったため、上池袋と東池袋を除外する理由がわからなかったが、言われた通りにリストから除外した。残る店舗は西池袋の二店舗だけとなる。

神崎の手元を覗き込んだ刑事たちが、コピーした住宅地図を手に飛び出していった。その様子を見ながら神崎は慌てて言う。

「俺もすぐに向かう。待ってろ、黒木」

神崎は電話機のボタンを押して、スピーカー機能をオフにした。そのまま受話器を置こうとすると、黒木の声が聞こえた。

「ちょっと待て」電話の向こうで黒木が制した。「お前に頼みがある。お前だけにしか頼めないことだ。俺の遺言だと思ってくれていい」

「遺言だと？　縁起でもないことを言うんじゃない」

「いいから聞け。俺のデスク、わかるか。お前のちょうど真正面だ」

すでに強行犯係の刑事たちは全員が出払っていた。神崎は受話器を耳に当てたまま、回り込んで黒木のデスクの前に立つ。

「一番下の引き出しを開けてくれ。大学ノートが入っているのが見えないか？」

言われるがままに引き出しを開けると、一冊のノートが入っているのが見えた。それを手にとってめくる。

「そのノートはな、俺の池袋ラーメン日記だ。お前にくれてやる。絶対に内緒だぞ」

めくったノートには几帳面な字でラーメンに関する評価が書き込まれていた。ご丁寧に写真までついている。神崎は頭に血が昇るのを感じた。

「何言ってんだ、こんなときに。いい加減にしろ」

神崎はノートをデスクに叩きつけた。するとノートの間から一通の封書が床の上に零れ落ちた。真っ白な封筒だった。その封筒に書かれた文字を見て、神崎は言葉を失う。電話の向こうで黒木が言った。

「ノートの間に封筒が挟まっているはずだ。もし俺の身に何かあったら、浅草の俺の両親にそれを渡してくれ。いいか、神崎。頼んだぞ」

その言葉を最後に電話は切れてしまった。神崎は腰を屈《かが》めて床の上から封筒を拾い上げる。それには毛筆で『遺書』と書かれていた。

「黒木さん、ねえ、大丈夫？　黒木さん」

電話を終えた黒木は力が尽きたように目を閉じた。彩乃は懸命に黒木の肩を前後に揺すった。それでも黒木は目を閉じたまま動かない。

「目を覚まして。お願いだから死なないで」

さらに力を込めて黒木の肩を揺すると、ようやく黒木が目を開けた。

「心配いらねえって。ちょっと疲れただけだ」

全身の力が抜けた。彩乃はその場に尻をつく。急に全身に疲労感が襲ってくる。手首がジンジンと痛かった。

「ほどほどにしておけよ」

黒木がそう言った。顔を向けると、黒木が目を閉じたまま言った。

「バイトのことだよ。親に反発したい気持ちもわからないわけでもないけどな」

黒木の言う通りだった。彩乃がキャバクラで働き始めたのも、親に対する反発心があったからだった。

茨城の実家にいた頃から、彩乃は箱入り娘として育てられた。携帯電話の着信履歴までも父親に管理されて、嫌で嫌で仕方がなかった。だから両親の反対を無視して、彩乃は勝手に東京の大学を受験し、親が勧めた地元の大学の受験は無断欠席した。

さすがにそこまでしたので両親は上京を認めないわけにいかず、彩乃は東京の大学に進学した。しかし結局東京に来てからも親の呪縛《じゅばく》から離れることはできなかった。父が用意した高級マンションに住み、父から送られる仕送りで生活する。これでは高校までの生活とまったく変わっていないのではないか。彩乃はそう思った。

そこで彩乃は決意した。自分の手でお金を稼いで、初めて親から自立することができるのではないか。できれば高収入のバイトがいい。父が送ってくれる仕送りに頼らず、暮らしていけるようになりたい。

仕事はすぐに見つかった。池袋という土地柄、水商売系の求人はそれこそ星の数ほどあった。今年の春から彩乃は〈ドルフィン〉で働き始めた。客からもチヤホヤされ、バイトは楽しかった。

「学生ってのは学業が本分なんだ」黒木が目を閉じたまま言う。「それに水商売ってのにはどこかに危険が潜んでいるんだよ。生半可な気持ちでやるもんじゃない。俺たちをここに監禁したのは、お前の店の客らしい。園田っていう兄弟だ」

園田兄弟なら知っている。彩乃と同じ茨城県出身ということで、よく指名してくれた。チップも弾《はず》んでくれたし、ボトルも入れてくれたものだ。何度か同伴で焼き肉を奢ってもらったこともある。

あんなに優しかった園田さんが……。彩乃は不意に恐怖を感じ、それが涙となって頰を伝った。黒木が薄目を開けて言った。

「いい社会勉強になったじゃねえか。まあ、ここから無事に救出されたらの話だけどな。それより頼みがあるんだ」

手の甲で涙をぬぐい、彩乃は膝元にある黒木の顔を見下ろした。

「下半身が寒いんだよ。ズボンを上げてくれると嬉しいんだが」

神崎が西池袋の現場に辿り着いたとき、すでに救急車が到着していた。野次馬が集まり始めている。人の間を縫うように前に進むと、ちょうど雑居ビルの入り口から三人の救急隊員が担架を持って出てきたところだった。担架に載っているのは黒木だった。

「黒木!」

神崎はそう呼んでから、担架に近づいた。黒木の顔を見ると、かなり激しく殴られたようで痣《あざ》だらけだった。乾いた血が口元を汚している。

「よう、神崎。遅かったじゃねえか」担架の上に横になったまま、黒木が言った。「ところで犯人は捕まったんだろうな。俺をこんな目に遭わせた野郎どもをのさばらせておくわけにはいかないぜ」

「ああ、心配するな。さっき署に報告があった。犯人の園田兄弟は現行犯逮捕された」

取引の行われる予定時刻、午後一時の十分前だったらしい。サンシャインシティの水族館入り口付近で、現場を捜索していた一人の刑事が氏原彩乃の父親らしき男を発見した。すぐに無線で館内の全捜査員に連絡が行き渡り、氏原彩乃の父親を監視していたところ、午後一時ちょうどに不審な男が氏原彩乃の父親に接触を試みた。一瞬のうちに捜査員が男をとり囲み、その場で逮捕となった。取引に現れたのは兄の園田正一の方で、ほどなくして近くのコインパーキングに停まった軽自動車の車内で、弟の正嗣の身柄も押さえることに成功していた。

正式な事情聴取はこれからだが、園田正一の証言によると、今日中に二千万円を用意すれば、テナントの物件を手放さずに済んだという。物件さえ手元に残ればやり直せる。そう思って計画した犯行らしい。

「悪かったな、神崎。俺がお前の教育係を任されていたんだが、どうやらしばらくは入院する羽目になりそうだ。ラーメンは退院してからのお楽しみだ」

「何が教育係だよ。心配かけやがって」

神崎が黒木の肩のあたりを軽く小突くと、黒木が顔をしかめた。本気で痛いらしい。全身打撲で全治三週間といったところか。脳波やレントゲンなどの診察はこれからだが、軽口を叩けるところからして、深刻なダメージは負っていないだろう。

「すみません。搬送しますので」

救急隊員の言葉を受け、神崎は担架から離れた。黒木を載せた担架が救急車の中に運び込まれていく。

後部ハッチが閉められようとしたそのときだった。救急車の中から黒木の声が聞こえた。

「ちょっと待ってくれ」

神崎が中を覗き込むと、黒木が苦痛に顔を歪めながら、肘《ひじ》を立てて上半身を起こしていた。黒木が額に右手を当てて言う。

「池袋署にようこそ、神崎巡査長」

それに応じて、神崎も姿勢を正して敬礼を返した。

第六話　祝儀

指定された店は池袋駅西口から歩いて五分のところにあった。薄汚れた雑居ビルの五階。仕事柄、池袋界隈の飲食店にはかなり出入りしているが、初めて入る店だった。

神崎隆一は分厚いドアを開けて店内に足を踏み入れた。店内を素早く見渡す。手前側にテーブル席があり、奥にカウンターが見えた。ビルの外観とは裏腹に洗練された内装の店だ。カウンターに座っていた黒木が振り向いて、軽く手を上げた。神崎は小さく頷いてカウンターに向かい、黒木の隣のスツールに腰をかけた。

「ビールでいいよな」

黒木は神崎の返事を待たずに店員を呼びとめ、生ビールを二杯、注文した。黒木はすでに二杯めらしい。チーズの盛り合わせが、黒木の手元に置かれていた。

「悪いな、忙しいところ」

黒木がそう言った。神崎は笑って答えた。

「お前とこうして二人きりで飲むのも珍しいな」

ビールが運ばれてきた。何も言わず、二人でグラスを合わせた。冷たい感触が喉元から落ちていき、胃に収まった。

「で、結婚を一週間後に控えた心境ってどうだ？　不安なのか？　それともハッピー過ぎて天にも昇る気持ちなのか？」

やや皮肉の混じった黒木の問いに、神崎は苦笑した。

「実感が湧かないっていうのが正直な気持ちだな。準備はすべて終わって、あとは来週の本番を待つだけだ」

来週の土曜日、都内のホテルで神崎は結婚式を挙げる。相手は水島《みずしま》百合子という上司の娘だ。一年前、その上司の家でバーベキューパーティーが開かれ、そこで百合子と知り合った。百合子とは同じ大学の卒業生だったこともあり、最初から話が合った。何度か会っているうちに交際に発展した。黒木も百合子とは面識があるし、そもそも神崎が最初に彼女をデートに誘ったのは黒木に背中を押されたからだった。

「それで俺をここに呼び出した理由って何だ？　わざわざ人目を気にしてこの店を選んだんだろ？」

今日の朝、携帯電話に素っ気ないメールが届いた。二人だけで会いたいという意味ありげな文面に、店の名前と待ち合わせの時間が並んでいた。

「まあそんなに急ぐなよ。おいおい話す。それより百合ちゃんと結婚するに至った決定打は何だったんだ？　まだまだ遊んでもいい年だろ、俺たち」

独身貴族を気どった黒木はそれなりに浮き名を流している。顔も二枚目だし、何よりも黒木は女に対しての気遣いができる。女性を交えて何度か黒木と飲んだことがあるが、そのたびに神崎はそう感じた。

「決定打と言われてもな。特に大きな理由があるわけじゃない。強いていえば価値観が似ているとでもいうのかな」

百合子は通信機器メーカーで働くＯＬだ。結婚後も仕事を続ける気でいるらしい。やがては家庭に入りたいとも言っているが、そのあたりのことに神崎は口を挟むつもりはない。

「価値観ねえ……」黒木はグラスのビールを飲み干した。「要は体の相性ってことだろ。いい女と巡り合えたわけだな、神崎は」

黒木の冗談を笑って受け流し、神崎は店内を見渡した。

午後八時を過ぎた頃で、店内はほぼ満席だった。黒を基調としたシックな店内にはジャズピアノが流れていた。客の大半は仕事帰りのサラリーマンといったところだが、馬鹿騒ぎをしている連中はいない。こういう店をストックしているあたりに、黒木の日頃の努力が窺える。

チーズを口に入れながら黒木が言った。

「いずれにしても俺には縁遠い話だな、結婚なんて。一人の女に縛られるなんて、考えただけで息が詰まる」

「お前だってそろそろいい年だ。本気になるような女はいないのか？」

「本気、か」黒木が遠くを見るような目つきをしてから言った。「いないね、残念ながら。俺は一人でいる方が気楽なんだよ。縛られるのは苦手だ」

「今、一瞬だけ間があったな。もしかしているんじゃないか。運命の女が」

「馬鹿言うな。いねえよ、そんな女」

カランと音が鳴った。ドアについた古めかしいベルの音だった。二人組の女性客が店内に入ってきた。ドアの方に目をやった黒木が、不敵に笑って言った。

「結婚しちまったらナンパなんてできねえだろ。ちょっと待ってろ、神崎。お前に祝儀をくれてやろう」

黒木は立ち上がり、軽快な足どりでドアの方に向かって歩き始めた。店に入ってきたばかりの女性二人に声をかけ、身振り手振りで何やら話している。女の一人が笑みを浮かべるのを見て、神崎は溜め息をついてビールを飲み干した。

　黒木が手招きをしていた。どうやら交渉が成立したようだ。神崎は重たい腰を上げて、テーブル席に向かって歩き出した。


「とりあえず生ビール四つね」

　席に座るや否や、黒木は店員にそう告げた。男女が向かい合って座る格好だった。初対面の女を前にして緊張する年齢ではないが、やはりそれなりの息苦しさは感じる。それでも黒木が一緒にいるというだけで気持ちが楽になるというのは、奴の人徳なのかもしれない。

　運ばれてきたビールで乾杯してから、まずは自己紹介になった。

「俺はクロ。こいつのことはカンって呼んでよ。そっちは？」

　二人は近くで働くＯＬらしく、神崎の前に座る女が真奈美《まなみ》、もう一人は美香《みか》と名乗った。真奈美の方は黒い髪が肩まで伸び、すっきりとした和風の顔立ちだった。対照的に美香の方は茶色い髪にエキゾチックな顔立ちだ。どちらにしても二人ともかなりの美女であることは間違いない。

「それで、お二人は何の仕事をされているんですか?」

黒木の前に座る美香という女がそう訊いてきた。

「どんな仕事をしていると思う?」

黒木がつまらないクイズを出す。女たちは顔を見合わせてから、代表して美香が答えた。

「二人ともスーツ着てるし、商社系かな」

「まあそんなところかな。輸入会社で働いているんだ」

そう言って黒木が目配せを送ってくる。まったく黒木の奴。内心溜め息をつきながらも神崎は口裏を合わせた。

「そうなんだ。輸入会社で働いてる」

前菜のサラダが運ばれてきた。気づかぬうちに黒木がコース料理を注文していたらしい。二人ともノリがよく、会話はスムーズに進んでいった。

「二人ともかっこいいし、本当は彼女がいるんじゃないの?」

真奈美が疑惑の視線を向けてきた。黒木が答えた。

「いないって。俺、三年間も彼女いないんだぜ。こいつだって……」

靴を踏まれた。仕方なく神崎は言った。

「仕事が忙しくてね」

「そうなんだ。大変なんだね、お仕事」

真奈美が伏し目がちにこちらを見ていた。どことなく百合子に面立ちが似通っている。

話題は映画の話に移った。二人は明日、公開中のハリウッド映画を観に行く予定らしい。

「あれは観ない方がいいって。脚本が全然ダメだ。どうせ観るならあっちの方が断然お薦めだ」

黒木が断言するように言った。神崎は流行りの映画を観に行く暇などないが、その点で黒木は違った。映画はもちろん、舞台なども観に行っているようだ。黒木は学生時代、演劇サークルに属していて、今でも時間を見つけては劇場に足を運んでいるらしい。まさに独身貴族の名にふさわしいといったところか。

「ところで二人はこの店は初めてなの？　こんな穴場、よく知ってたね」

黒木がグラス片手に訊いた。

「学生時代から来てるわ」答えたのは真奈美だった。「ゼミの教授に連れてきてもらって、それから何度も利用してるの」

「へえ、このあたりの大学なんだ。どこの大学？」

真奈美が口にした大学名を聞き、神崎は耳を疑った。神崎と同じ大学だったからだ。

「じゃあこいつと一緒だな。おい、カン。奇遇だな、真奈美ちゃんはお前の後輩だってさ」

案の定、黒木が話を振ってきた。神崎は内心の動揺を悟られぬように、何食わぬ顔で答えた。

「そうみたいだな」

さきほどの自己紹介を思い出す。たしか真奈美は二十八歳と言っていなかったか。

つまり彼女は百合子と……。

「真奈美ね、来週、大学時代の同級生の結婚式に呼ばれているんだって。その二次会でいい男を探すつもりみたい」

美香が冷やかすように言うと、真奈美が顔を赤らめた。

「やだもう、美香ったら。私、そんなこと言ってないじゃない」

急速に体温が下がったような気がした。偶然だ、偶然に決まってる。そんなわけがない。

神崎の焦りを肌で感じたのか、さりげなく黒木が訊いた。

「へえ、結婚式なんだ。式場はどこ？」

「ええとね、たしか……」

真奈美が口にしたホテルの名前を耳にして、悪い想像が現実となったのを知った。つまり真奈美は百合子の大学時代の友人なのだ。しかもよりによって新婦友人として披露宴にも招待されているというわけだ。足をすくわれたような展開に、神崎は言葉を失った。

また靴を踏まれた。黒木は微笑みを浮かべながら、もらっても嬉しくない引き出物について話していた。目の前の二人も楽しそうに笑っている。

胸ポケットの中で携帯電話が震えていた。よりによってこんなときに……。着信は百合子からだった。

「悪い、ちょっとトイレ」

そう断ってから、神崎は席を立った。黒木が指でトイレの場所を示してくれた。トイレに駆《か》けこむと同時に通話ボタンを押す。

「もしもし、私よ。今どこにいるの？」

「今か？　今は飲み屋だ。黒木と一緒なんだ」

「へえ、そうなんだ。私も合流しよっかな」

「合流？」

思わず聞き返していた。やや驚いたような口振りで、百合子が言った。

「そんな大声出さなくても聞こえているわよ。冗談よ、冗談。まだ仕事終わりそうもないしね。どこのお店にいるの？」

「池袋だ。たしか店の名前は……」

内心胸を撫で下ろしていた。こんなシチュエーションを百合子に見られたらそれこそ大変なことになる。

「じゃあ黒木さんによろしく。明日、待ち合わせに遅れないでよ」

明日の土曜日、新居に入れる家具を買いに行くことになっていた。通話を切ってから、神崎はしばらくの間、その場に立ち尽くした。

最悪だ。いったい何がどうなっているんだ。

席に戻ると状況はさらに悪い方へと進んでいた。席替えが行われ、黒木と美香が並んで座っていた。黒木は美香に対して手を動かして何か伝えていた。

「何？　どういう意味なの？」

美香が訊くと、黒木は何の躊躇《ためら》いもなく言った。

「君がタイプだ。そう言ったのさ」

「すごい、クロさん。手話できるんだ」

黒木が手話を使えることは知らなかったが、神崎は仕方なく真奈美の隣に腰を下ろした。やや椅子の距離が狭くなっているのは気のせいか。

「カンさん、ドリンク何にする？」

真奈美に訊かれ、神崎は自分が空のグラスを手にしていることに気づいた。

「俺？　じゃあ俺は生ビールで」

「すいません、生一つお願いします」

店員に注文してから、真奈美が訊いてきた。

「カンさんはイヌ派？　それともネコ派？」

これ以上ないほどのくだらない質問だと思ったが、神崎は笑顔を取り繕って答えた。「うーん、イヌ派かな」

「よかった、私と一緒だ。じゃあ小型犬派？　それとも大型犬派？」

「そうだな、どっちかというと大型犬派かな」

「やっぱ気が合うね、私たち。ラブラドールとか見ると抱きつきたくなっちゃうんだ、私」

　うわべだけの会話を続けながら、神崎は解決策を模索していた。

　本当の悪夢が待っているのは一週間後の結婚式当日だ。式に招かれた真奈美は、新郎である自分の姿を見て驚くことだろう。問題はその先だった。

　真奈美が今日のことを百合子に話すかどうか。友人の新郎に、しかも結婚式の一週間前に飲み屋でナンパされた。常識的な人間なら話すことはないだろう。幸せの絶頂にいる新婦を叩きのめすようなことはしないはずだ。

　しかし油断は禁物だった。うっかり別の友人に話してしまい、それが人づてに百合子の耳に入らないとも限らない。やはりあらかじめ手を打っておく必要がある。

「じゃあカンさんは、もしイヌを飼うなら何て名前にする？」

「イヌの名前？　そうだな、ピンチなんていいかもしれない」

「ピンチ？　何それ、全然可愛くない」

「それじゃあ君は？」

「私はね、牡《おす》だったら……」

　適当に相槌を打ちながら、神崎はさらに思案した。

　この場ですべてを打ち明けることも可能だ。しかしそれをしてしまうと場を白けさせてしまうだろうし、せっかくいいムードで盛り上がっている黒木たちに水を差してしまいかねない。

やはり真奈美だけには直接言うべきだろう。神崎はそう結論づけた。展開からして、おそらく黒木は美香と二人きりになりたいはずだ。そうなったらこっちのものだ。真奈美を駅まで送りながら、正直にすべてを話すのだ。すべては黒木が勝手にやったこと。俺は百合子一筋だし、どうか今夜のことは百合子には言わないでほしい。そう真奈美に話すのだ。

「私ね、将来は一戸建ての家に住んで、庭でイヌを飼うのが夢なんだ。私自身がマンション住まいで、ずっとイヌを飼えなかったからね」

「いいと思うよ。素敵な夢じゃないか」

進むべき方向が見いだせたせいか、少し心が落ち着いてきた。今までほとんど食事に手をつけていないことに気づき、神崎は冷めたチキンの香草焼きを口にした。

前に座る黒木は、デザートのアイスをスプーンで美香の口に運んでいるところだった。それを見て、神崎は不意に自分が何かを見落としているような気がした。

今日のこの展開。黒木が声をかけた女が、婚約者の友人だっただけの話だ。それにしても偶然にしてはできすぎている感もある。

冷静に振り返ってみる。気になるのは黒木の態度だ。確証があるわけではないが、黒木の態度に不自然な点があったような気がする。

「カンさん、どうかした?」

真奈美が覗き込むように身を乗り出してきた。思わずその胸元に目が行ってしまい、神崎は目を背けた。

「すまない。急に酔いが回ったみたいだ」

グラスの水を飲んで、神崎は頭を振った。やはり偶然にしてはできすぎている。

「そろそろ河岸《かし》を変えようか」

気がつくと黒木が立ち上がっていた。黒木はカウンター近くのレジに向かい、勘定を支払った。神崎が財布を出そうとすると、それを黒木が制した。

「今日は俺の奢りだ。気にするな」

四人連れだって店を出た。狭い路地を歩いて、劇場通りに出た。金曜日の劇場通りは酔っ払いで溢れ返っている。美香と並んで前を歩いていた黒木が振り返った。

「ここでいったん別れよう」

すでに黒木は美香の肩を抱いている。このままホテルにしけこみそうな勢いだ。黒木は小さく笑った。

「俺は美香ちゃんと秋の大三角形を見てくるから」

「秋の大三角形？」

「星座だよ、星座。知らないのか？」

そう言って黒木たちは踵を返し、横断歩道を渡っていった。予想通りの展開になった。このまま駅に真奈美を送りながら、百合子のことを打ち明けるのだ。しかしさきほど芽生えた疑惑のせいか、なかなか踏ん切りがつかなかった。

「カンさん、もう一軒行かない？」

やはりおかしい。普通は男から誘うものだ。たしかに真奈美はノリのいい子であるが、その仕草に作為的な何かを感じるのは気のせいか。

そのときだった。再び携帯電話が震え始めた。液晶を見ると、着信は百合子からだった。神崎は真奈美に背を向けて、携帯電話を耳に当てた。

「もしもし、隆一。まださっきのお店にいるんだよね？」

百合子の声が耳に飛び込んでくる。神崎は慌てて言った。

「ま、まあな」

「もうすぐお店の前に着くところなの。迎えに来てくれないかな」

「ちょっと待てよ、百合子。どうして店の場所を……」

「さっき店の名前を教えてくれたじゃないの。ネットで検索したらすぐにわかったわ」

一台のタクシーが通りの向こう側に停車した。しばらくして後部座席から一人の女が降り立った。遠目でも自分の婚約者を見間違えるはずなどない。百合子だった。

通話を切って、真奈美の肩を引き寄せた。

「行こう。ちょっと走るぞ」

細い路地に逃げ込んだ。真奈美と二人きりでいるところを百合子に目撃されてしまったら、それこそ大変なことになってしまう。しばらく走り、いくつかの角を曲がってから立ち止まった。

「どうしたのよ、カンさん。急に走るなんて」

肩を上下に揺らしながら、真奈美がそう訊いてきた。神崎は曖昧に答えた。「ちょっとね」

額に汗がにじんでいた。スーツのポケットからハンカチを出そうとすると、何かが地面に落ちた。

マッチだった。さっきの店を出る際にもらったものだ。飲食店に出入りした際、神崎は必ずマッチかライターをもらうことにしている。職業病のようなものだ。拾ったマッチを何気なく眺めた。次の瞬間、言葉を失った。

すべてがわかった。神崎は思い知った。俺は騙されていたのだ、と。

いずれにしても騙されたままで引き下がるつもりはない。今度は俺が騙す番だ。

「行こうぜ」神崎は真奈美の手を摑んだ。「もう一軒行きたいんだろ。俺がいい場所に連れていってやるよ」

そう言って神崎がにやりと笑うと、真奈美が怯えた表情で後ずさった。


分厚いドアを開ける。カランとベルが鳴った。店内に足を踏み入れた黒木は、カウンターまで進んだ。カウンターに二人の女が離れて座っていた。そのうちの一人の隣に腰を下ろし、黒木は煙草に火をつけた。

「連絡は？」

黒木が訊くと、隣の女が顔を上げた。やや不安げな表情で、女は首を振った。

「まだないわ。本当に大丈夫かな？　隆一」

百合子はジントニックを飲んでいた。テーブルの上には彼女の携帯電話が置いてあった。店員を呼びとめ、黒木も同じものを注文した。

「奴に浮気をする度胸なんてない。そう言ったのは百合ちゃんだろ。奴を信じて待つしかないじゃないか」

話の発端は二週間前に遡る。黒木のもとに百合子から電話があった。百合子の話はこうだった。

神崎の部屋に行った際、床に名刺が落ちていたという。キャバクラの女の名刺だったらしい。誰に相談していいのかわからず、とりあえず黒木に相談したというのだった。

電話の向こうで不安げに話す百合子に対し、黒木は諭すように言った。

「心配するなって、百合ちゃん。俺たちの仕事を知らないわけじゃないだろ。仕事で水商売の女に話を聞くなんて日常茶飯事だ。いちいち気にするほどのことじゃない」

「でも……名刺の裏に携帯番号まで書いてあったのよ」

「神崎は浮気をするような男じゃない。それは絶対に保証する」

黒木がいくら宥めても、百合子の不安はなかなか解消されないようだった。百合子の性格からして、この程度のことで動揺するとは思えなかった。結婚を間近に控え、ナーバスになっているのだ。これがマリッジブルーというやつか。

そこで黒木は妙案を思いついた。神崎が浮気に走りそうな状況を作り上げ、奴の反応をみるというものだった。百合子に話しながら、我ながら面白い罠を考えたものだと笑みがこぼれた。

「無理よ。そんな状況に陥ったら、絶対に隆一だってふらふらと浮気に走ってしまうわ」

「大丈夫だって。予防線は張る。それで駄目なら、奴はその程度の男ってことだ」

そうして今夜を迎えた。作戦は予定通りに進んでいる。どうせ神崎のことだ。今頃、真奈美を駅まで送っていることだろう。少し時間がかかっているのが気になるが、もしかすると二人して喫茶店でコーヒーでも啜っているのかもしれない。

百合子は心配そうに携帯電話を見つめている。運ばれてきたジントニックを一口飲んだとき、着信音が鳴り響いた。黒木のスマートフォンだった。

「神崎からだ」

百合子に短く告げてから、黒木はスマートフォンを耳に当てた。あえて明るい口調で言う。

「よう、神崎。そっちの調子はどうだ？」

百合子が身を乗り出して、黒木の方に耳を近づけてきた。神崎の声が聞こえた。

「ぼちぼちだ。お前の方こそどうなんだよ」

「俺か？　俺は美香ちゃんと一緒だよ。どこにいるかなんて野暮なこと聞くなよ」

「それは俺の台詞だよ。今夜は真奈美ちゃんと泊まることになった。もしも百合子に何か言われたら大変だから、口裏を合わせてくれ。ずっとお前と飲んでいたことにしてほしいんだ」

煙草の灰がテーブルの上に落ちた。横目で窺うと、百合子の顔が蒼白だった。

「ちょっと待て、神崎。お前……」

もしも神崎に誘われても絶対に断れ。そう真奈美には言い聞かせてある。いったいどうしたというのだ。まさか本当に――。

「今、ホテルの部屋に入ったところだ。彼女、かなり酔っているみたいでな」

百合子が顔を覆った。それを見て、黒木は自分が仕掛けた罠が完全に裏目に出たことを思い知った。

神崎が続けて言った。

「お前の祝儀をありがたく受けとっておくよ」

通話が切れた。背後でベルが鳴る音が聞こえた。店に客が入ってきたようだ。隣の百合子はテーブルに突っ伏している。百合子にかけてやる言葉が見つからなかった。

そのまま呆然と百合子の姿を見つめていると、後ろから声をかけられた。

「よう、お二人さん。人を騙してそんなに面白いか」

振り返るとそこには神崎が立っていた。

二人が振り返った。黒木は呆けたような表情を浮かべていた。百合子はというと、彼女はすでに目を真っ赤に泣き腫らしていた。それを見た神崎は罪悪感を覚えた。少しやり過ぎてしまったようだ。

黒木と百合子が合流するとしたら、おそらくさきほどの店に違いない。そんな確信があった。カウンターに二人の背中を見つけたとき、神崎は自分の読みが間違っていなかったことを知った。やはり二人はグルだったのだ。今夜の飲み会は二人によって仕組まれたものだったのだ。

「神崎、お前……」黒木が声を絞り出した。「今の電話は……芝居だったってわけか」

それには答えず、神崎は百合子の隣に腰を下ろした。カウンターの端に女の一人客が座っていた。

「ああ。さすがの俺も腹が立ってな、少し仕返しさせてもらった」

百合子はまだテーブルの上で顔を覆ったままだ。百合子をここまで悲しませるつもりはなかった。百合子には可哀想なことをしてしまったと反省していた。

問題は黒木だった。おそらく首謀者は黒木に違いない。ここまでの仕掛けを百合子一人で思いつくはずがない。まるで落とし穴を掘る子供のように、ニヤニヤ笑って計画を練っている黒木の顔は容易に想像できた。

百合子の手元にあったグラスを口に運んだ。ジントニックだった。神崎は言った。

「何が祝儀だよ、ふざけるのもいい加減にしろ」

「悪気があったわけじゃない。百合ちゃんに相談されて、ちょっとお膳立てしたんだ。俺だってお前が浮気するような男じゃないことはわかっていたんだ」

すでに黒木は冷静さを取り戻していた。悪びれた様子もなく、黒木は煙草に火をつけた。

「いつ気づいたんだ？　真奈美ちゃんの姿が見えないが、彼女が口を割ったってことか？」

「彼女は口を割ってない。タクシーで帰ってもらったよ。ここで飲んでいたときから、薄々感じていたんだ、どうも様子がおかしいってな。特にお前がな」

黒木の顔が引きつった。自分の芝居は完璧だ。そんな尊大な自信を抱いていたに違いない。

黒木が訊いてきた。「その根拠は？」

「お前の言動だよ、黒木。お前は自分でも意識している通り、女に対しての気遣いができる。まずは最初に四人でテーブルについたときのことを思い返してくれ」

「最初にテーブルについたとき？」

「そうだ。お前は女性陣にメニューを見せることなく、躊躇なく生ビールを四杯注文した。普通だったら女性陣に何を飲みたいか聞くはずだろ。ビールが嫌いな女性だっているはずだし、もしかしたらアルコールを飲めない女性かもしれない。しかしお前はそれをしなかった。つまりお前はあの二人と面識があったってことだ。そしてあの二人が最初に生ビールを飲むことを知っていた」

黒木は反論しなかった。口元に笑みを浮かべている。百合子が声を発しかけた。

「私ね……」

それを黒木が制した。腕時計を見ながら、黒木が言った。

「百合ちゃんは何も言わなくていい。神崎、先を続けてくれ」

神崎は頷いた。

「あの二人の女性は黒木が用意した仕掛け人だろう。素性はわからない。真奈美ちゃんには何も聞かず、そのままタクシーに乗せてしまったからな。しかし想像はできる。演劇サークルの仲間ってところじゃないか」

黒木は大学時代に演劇サークルに属していた。その伝手《つて》を利用して、あの二人を呼びよせたのではないか。それが神崎の推理だった。

「今回の仕掛けの肝は、あの真奈美ちゃんという子、彼女が百合子の同級生で、来週の披露宴にも呼ばれているという設定にしたことだ」

最初は偶然かと思い、動揺した。しかしすべての仕掛けがわかった今、彼女の人物設定にも理由があることを知った。

「彼女は歯止めだったんだ。俺が暴走しないためのな。さすがに見ず知らずの美女と仲良くなったら、俺だってどうなってしまうかわからない。そこで彼女が百合子と同級生であることにして、俺の暴走を防ごうとした。これは百合子の要望だったと俺はにらんでる」

百合子が顔を上げ、何か言いたげな顔をしていた。百合子を責めるつもりはなかった。すべては黒木に原因がある。悪ノリしてこんな計画を立てた黒木がすべての元凶だ。

黒木が腕時計に視線を落とした。時間を気にしているようだった。神崎も腕時計を見た。もう少しで深夜零時になろうとしていた。

「わかったよ、神崎。お前の推理はいいところをついている。しかし証拠がない。何か証拠でもあるのか？　俺たちがお前を嵌めたっていう証拠だ」

あくまでも黒木はしらばっくれるつもりらしい。いいだろう。お前がその気なら最後まで追いつめてやろうじゃないか。

「あの真奈美って子は、百合子の同級生じゃない。それは間違いない事実だ」

黒木が眉を吊り上げた。「彼女がそう言ったのか？」

「いや、違う」神崎は首を振った。「俺がそう判断したんだ。こいつを見てくれ」

神崎はポケットからマッチを出して、カウンターの上に置いた。

「この店のマッチだ。店名の下にこの店のオープンした年が記されている。この店がオープンしたのは今から三年前のことらしい」

Sinceというアルファベットの後ろに続いた西暦は、今から三年前であることを示していた。

「さっき電話して、店員にも確認した。この店は三年前にオープンしたようだ。その前はスナックがテナントとして入っていたらしい。おかしくないか？」

黒木は何も言わなかった。しかしその表情からわずかな動揺が見てとれた。

「真奈美という子の話では、彼女は大学時代からこの店に通っていたという。彼女は百合子と同級生で、二十八歳だ。どうやったら三年前にオープンしたこの店へと、大学時代に通うことができるのか。黒木、俺が納得できる説明を聞かせてくれるか？」

黒木の顔から表情が消えていた。それを見て、神崎は溜飲《りゅういん》が下がったような気がしていた。

自分の婚約者が浮気をしないかどうか。結婚を控えた女性なら誰でも気になることだろう。しかし許せないのはそんな百合子の心理を利用して、今回の悪戯を仕組んだ黒木だった。

「何か言ったらどうなんだよ、黒木。それとも俺の推理が間違っているとでもいうのか」

「まあまあってところかな」黒木が親指を立てた。「さすがにノーヒントじゃ厳しいと思ってな、ビールの件も店選びもわざとお前に与えたヒントだ。飲み会の最中に気づかれたらどうしようって、内心は冷や汗ものだったんだぞ」

負け惜しみにしか聞こえなかった。神崎は黒木の顔を睨みつけた。

「そんなに怖い顔するなって。お前の推理はいい線をいってる。ほとんど正解といっても過言じゃない。ただ一つだけ、お前は勘違いをしている」

黒木はもったいぶるように煙草を灰皿でもみ消してから、笑みを浮かべて言った。

「俺がお前に用意した祝儀はさっきの飲み会だけじゃないんだ」

そのとき、ドアの方でベルが鳴った。

誰かが店内に入ってきたらしい。何気なくドアの方に目をやった神崎は、その場で凍りついた。

一人の男がドアの前に立っていた。長身の男だった。無精髭を生やし、深くベースボールキャップをかぶっている。しかしその顔は忘れるはずがなかった。

小宮達也《こみやたつや》。昨年末から今年にかけて、都内で発生した五件の強盗傷害事件の容疑者だ。うち二件が池袋警察署の管内で発生しており、神崎が担当している事案だった。

小宮はドアの前に立ち、店内を見回していた。近づいてきた店員に対し、何かを告げていた。

この三ヵ月、ずっと神崎は小宮を追っていた。要町のウィークリーマンションを夏に引き払って以来、その足どりは完全に途絶えていた。関西方面に向かったと、小宮と懇意にしていたスナックのママが話していた。

視界の隅で何かが動いた。横目で見ると、カウンターの端に座っていた女が立ち上がり、小宮に向かって手を振っていた。それに気づいた小宮がにやりと笑った。

このまま泳がせて、店を出た途端に確保というのが最善の策だ。まずは署に一報入れて、応援を要請しなければならない。

携帯電話を握る。まさかこの場所で電話をするわけにいかない。トイレに向かおうと腰を浮かせた瞬間、黒木が短く言った。

「動くな、神崎」

まるでその言葉が合図になったかのようだった。どこから現れたのか、突然、三人の男が小宮を取り囲んだ。男たちの背中越しに、怯えたような小宮の表情が見えた気がした。男たちは素早い動きで小宮を拘束した。一瞬にして、小宮は床に組み敷かれた。

動いたのは男たちだけではなかった。黒木が敏捷な動きで走り出し、カウンターの隅にいた女のもとに向かった。彼女の腕を摑んでから、黒木は店内の客に向かって大きな声を張り上げた。

「お騒がせしました。池袋警察署の者です。容疑者を確保しましたので、心配いりません」

黒木はバッジを高く掲げていた。

その一連の動きを、まるでサーカスを見る子供のように神崎は声を失って見ているだけだった。目の前に繰り広げられている光景を理解できなかった。

小宮を拘束したまま、三人の男たちが歩み寄ってくる。三人とも同じ強行犯係の同僚たちだった。全員が得意満面の笑みを浮かべている。さきほど店に入ったときには姿が見えなかった。店の奥にでも隠れていたということか。

「悪かったな、神崎。驚かせちまって」

気がつくと女の腕を摑んだまま、黒木が歩いてくるところだった。女の顔は蒼白で、言葉を完全に失っているようだった。

「二週間前のことだ」黒木が語り出した。「俺が使ってる情報屋――諸星の後釜《あとがま》がな、小宮が東京に戻ってきていると俺に伝えてきた。そこで俺は内偵を開始した。その結果、小宮には昔付き合っていた女がいることを知った。それがこの女だ」

黒木は女を前に突き出した。女は今にも泣き出しそうな表情を浮かべている。

「女の住所を突き止め、それからあまりおおっぴらにできないような監視活動を続けた結果、今日の深夜零時に二人がこの店で落ち合うという情報を得たんだ」

「だったらなぜ俺に言わなかった。小宮の事件は俺の担当だ。俺に教えてしかるべきだろうが」

多くの疑問が同時に浮かんだが、一番大きな疑問がそれだった。なぜ黒木は俺に情報を流さず、独断で小宮の確保に動いたのか。

黒木は笑った。

「別にお前から手柄をかすめとるつもりはない。お前も知っての通り、俺は演出ってやつが大好きなんだ」

そう言って、黒木はスーツのポケットから手錠を取り出して、神崎に向かって差し出した。

「こいつはお前の犯人だ。お前が手錠をかければいい。うまくいけば署長賞ものだ。結婚式に箔がつくってもんだ」

瞬時にして、神崎は黒木の真意を察した。

警察の社会では結婚を間近に控えた刑事が手柄を立てることが多々ある。それは警察内部の温情のようなものだ。逮捕に際して、結婚を控えた刑事にあえて手錠をかけさせてやるのだ。するとどうなるか。結婚式のスピーチで、先日警視総監賞の手柄を立てた新郎などと、華々しく紹介されるというわけだ。

「これが俺からの本当の祝儀だ。受けとってくれ」

黒木は悪戯好きの子供のように笑っていた。神崎はその目を見つめ返し、苦笑して黒木から手錠を受けとった。

第七話　因縁

「お願いです。危ないですから下がってください。危険です、下がってください」

　現場は騒然としていた。池袋のサンシャイン60通りから一本入った道だった。神崎隆一は野次馬を遠ざけることに苦慮していた。誰もが携帯電話やスマートフォンを持ち、興味津々という顔つきで向かいにある雑居ビルに目を向けていた。

「神崎、ビル内すべてのテナントから避難は完了した。もうしばらくの辛抱だ。そろそろ警視庁の対策チームが到着する頃だろう」

　黒木がそう言いながら、野次馬の整理に加わった。普段はお調子者で知られる黒木も、事態が事態なだけに真剣な顔つきをしていた。

　今から一時間前の午後七時のことだった。警視庁から入電があり、池袋の雑居ビルの一室に男が立てこもっていることが知らされた。当直業務に当たっていた神崎は、黒木と一緒にすぐさま現場に急行した。

現場となっていたのは雑居ビルの三階にある〈野本《のもと》クリニック〉という内科医院だった。ブラインドが下ろされ、外から見たところでは中の様子を窺い知ることはできなかった。〈野本クリニック〉の自動ドアは電源が切られており、白い半透明のドアの向こうに人影は見えなかった。

雑居ビルの入口近くで、腰を抜かしたようにうずくまっている白衣の女性を発見した。事情を聞くと、彼女が通報者のようだった。いきなり男が侵入してきて、刃物のようなものを振り回し、院内は突如としてパニックに陥ったという。待合室にいた患者たちと一緒に彼女も慌てて外に飛び出し、みずから一一〇番通報したらしい。院内に残されている患者、医師などの関係者の数も不明で、犯人の正体、所持している武器の数などもわからなかった。ここは下手に刺激をせずに応援の到着を待った方がいい。そう判断して、黒木とともに現場の整理に当たることにしたのだ。池袋署からも応援の署員が駆けつけ、声を張り上げて野次馬を現場から遠ざけていた。

「神崎、黒木、遅れてすまない」

そう言ってやって来たのは、係長の末長だった。非番のところを慌てて駆けつけたらしく、ネクタイさえ締めていない。

「今、警視庁の対策チームが到着した。あの店の一角を間借りして、臨時の対策本部とするようだ」

末長の視線の先には、現場の向かい側にあるファストフード店の看板が見える。すでに客の姿はなく、ガラス越しに複数のスーツ姿の男たちが動いているのがわかった。

大型のバンが到着し、中から警視庁の機動隊員たちが降り立った。神崎はその場を離れ、末長と一緒にファストフード店の中に足を踏み入れた。男たちの怒号が飛び交っている。

「電話だ、早く電話を持ってこい」

「監視班、準備はまだか。すぐに画像をモニターに出せ」

「上空でヘリが旋回してるぞ。どこの社だ？　撤収するように伝えろ」

神崎はしばらくその場で男たちの動きを見守っていた。警視庁の対策チームがやってきたからには、所轄の自分たちはその指揮下に入ることになるのだった。黒木の姿がないことに気づき、周囲を見回す。黒木は外にいた。真剣な顔つきをして、〈野本クリニック〉の窓を見上げている。

神崎は外に出て、黒木の隣に並んで言った。

「中の状況がわからない限り、手を出せないな」

「ああ。まずは人質の安否を確認するのが先決だ。人質の精神状態っていうのは、当事者でなきゃわからねえものだ」

黒木がそう話していると、一人の男が野次馬の中から突然姿を現した。スーツを着た中年の男性だった。男性は迷う様子もなく、雑居ビルの入口に向かっていったが、あとから追いついた二人の機動隊員に後ろから摑まれた。

「妻が、妻が中にいるかもしれないんだ。離してくれ」

そう叫びながら、男はなおも前に進もうとした。すでに男はパニック状態にあり、二人の機動隊員も扱いに苦慮している様子が伝わってくる。

「神崎、マズいぞ」

黒木の視線が〈野本クリニック〉に向けられていた。ブラインド越しに影が揺れたような気がした。細く、窓が開けられた。中年の男はまだ機動隊員に従わず、何やら喚《わめ》いていた。

「伏せろ、全員伏せろ」

黒木がそう叫んだ次の瞬間、銃声が鳴り響いた。一瞬の静寂ののち、野次馬たちの悲鳴があたりを包み込む。現場周辺は騒然とした雰囲気になった。右往左往しながら野次馬たちが我先にと逃げていく。警視庁の捜査員が対策本部から飛び出してきて、封鎖区域をさらに広めるよう、指示を飛ばしていた。

神崎は周囲に視線を巡らす。撃たれた怪我人は目に見える範囲にはいない。威嚇《いかく》のために発砲したようだ。ことによるとモデルガンという可能性もある。

「迂闊に手を出せないな、こいつは」

黒木がそうつぶやいた。


「動くな、一列に並べ。抵抗したらぶっ殺すぞ」

男は手に持ったナイフを振り回しながら、部屋にいる者たちを奥の処置室へと誘導した。医師が一人と、女性看護師が二人。それから逃げ遅れた年配女性が一人の計四人だった。四人ともすっかり怯えた様子で、抵抗を試みる気はなさそうだった。唯一の男性である医師は丸々と太っており、大量の汗をかいていた。どう見ても暴漢に立ち向かうタイプの男ではない。

「これで全員の手を縛るんだ」

男はそう言って、ガムテープを投げた。足元に転がってきたガムテープを、看護師の一人が不安げな表情で拾い上げる。

「もたもたすんじゃねえ」

男が声を荒立てると、看護師はぎこちない手つきで人質たちの手をガムテープで縛り始めた。それを見届けてから、男自身が残った看護師の手をきつく縛り上げる。男は処置室の中を見た。窓もなく、逃げられる不安はない。それでも万全の注意が必要だった。処置室のドアを開け放ったまま、男は部屋を出た。

待合室の受付に向かう。レジスターを開けると、中に金が入っていた。二十万円くらいはありそうだ。レジスターに入っていた金をすべて、持ってきたバッグに詰め込んだ。手が震えていた。こめかみのあたりに汗が伝っているのを感じる。頭が痛くて仕方がない。

誰かの視線のようなものを感じ、男は振り向いた。待合室には誰もいない。気のせいだろうか。壁に保険のポスターが貼ってあり、名前も知らない若い女のタレントが白い歯を見せて笑っていた。トイレのドアが見えたので、男はそちらに足を向けた。ノブを摑んだが、回らなかった。クソ、そういえばあいつの姿が見えない。男はノブを乱暴に回した。

「出てこい。出てきやがれ。中に隠れているのはわかってんだ」

さらに何度もノブを回したが、ドアが開くことはなかった。頭に来て、ドアを拳で殴りつけた。

「今なら許してやる。出てくるんだ」

そのとき電話の着信音が鳴り始めた。受付にある電話だった。音はうるさかったが、男は電話を無視することに決めた。今はそれどころではない。

男は肩で息をしながら、トイレのドアを睨みつけた。振り返って処置室の中を見ると、四人の人質が怯えるように互いの体を寄せ合っている。カチリという音が聞こえた。ドアのロックを解除した音だった。男はノブを掴み、ドアを手前側に勢いよく開けた。

「ふざけやがって、畜生《ちくしょう》」

男の目に入ってきたのは、子供の姿だった。小学校の高学年くらいの男の子だった。黒いTシャツに野球帽をかぶっていた。少年は下から男の顔を見上げている。少年の背に隠れるようにして、同じ年くらいのおかっぱ頭の少女が身を小さくしていた。

「出ろ、小僧」

男があごをしゃくると、少年はトイレから出てきた。背後にいる少女を守ろうとするように、両手を広げている。男は手を伸ばして、おかっぱ頭の少女の手を引っ張った。少年が叫ぶ。

「やめろ。暴力を振るうな」

「お前、こいつを助けようと思ったのか？」

男が訊くと、少年は男から目を離さずにうなずいた。二人は待合室にいたのだろう。この少年は近くにいた少女を助けようと、機転を利かせてトイレに逃げ込んだというわけだ。男は唇を歪めて笑った。

「気どりやがって、このクソガキ。こいつは俺の娘だ。こいつをどうしようが俺の勝手だ。わかったらこっちに来い」

少年が目を見開いた。男は少年の背中を押し、処置室の中に連れていった。少年の隣に寄りそうように、男の娘もとぼとぼとついてくる。

「本当なの？」

少年が心底驚いたといった顔つきで、男の娘に訊いた。男の娘はこくりとうなずく。すると少年が顔を上げて、男を見て言った。

「信じられない。何を考えてるんだ」

その大人びた口調も気に食わなかったし、見下すような視線も我慢ならなかった。気がつくと男は少年の胸を蹴飛ばしていた。少年はバランスを崩し、人質たちの足元で尻餅をついた。

「大丈夫、坊や」と言い、看護師の一人が少年に声をかけた。その看護師の尻のあたりに視線を向けたが、男が欲情することはなかった。二人の看護師とも年をとり過ぎている。

少年の手を縛り上げてから、男はブラインド越しに外の様子を窺った。

外は大騒ぎになっていた。パトカーの赤色灯がいくつも見えるし、警察官らしき男たちがうろついているが、その光景にどこか現実感が湧かなかった。

男は額の汗をぬぐった。そろそろ切れ始めている。薬が欲しくて仕方がなかった。

また電話が鳴り始めた。その音に苛立ちが募り、男は舌打ちをした。

立てこもっている犯人からの要求などは一切なかったが、警視庁の対策チームが現場に到着してから約一時間後、立てこもり犯の正体が明らかになった。井原昭二《いはらしょうじ》という、住所不定無職の六十五歳の男だった。犯行直前、雑居ビルのエレベーターの防犯カメラが男の姿を捉えており、その身体的特徴から、男の正体が井原であることが割り出されたのだ。臨時の対策本部の隅で、神崎は黒木と肩を並べて警視庁からの報告に耳を傾けていた。

「エレベーターのボタンから採取された指紋も、井原のものであることが確認された。井原は七年前に茨城の刑務所を出所し、それから都内を転々としていたようだ。最終住所地は江戸川区南篠崎《みなみしのざき》。現在、捜査員を向かわせているところだ」

おそらく南篠崎の住居は引き払われている可能性が高いだろう。神崎はそう思った。

「井原は今から二十二年前、都内で今回と同様の事件を起こし、逮捕されている。覚醒剤使用などの余罪もあり、懲役十五年の刑に服している。七年前に出所してからの足どりは明らかになっていない」

対策本部の中に重い空気が流れた。現在も薬物に依存しているならば、判断力が低下していることも考えられる。人質の安否が心配された。

「質問があります」隣で黒木が手を挙げた。あまりこういう場面で発言をするタイプの男でないだけに、神崎は黒木の顔を見た。その顔つきは真剣なものだった。「二十二年前に井原が起こした事件ですが、詳細を教えていただけますか？」

報告していた警視庁の捜査員が、咳払いをしてから答えた。

「現場は台東区上野だ。井原は武器を所持し、とある雑居ビルのテナントに押し入った。事件発生から二時間後、逃走しようとしたところを刑事によって逮捕された。詳しい報告書は現在手配しているところだ」

二十二年前か。神崎がまだ小学生だった頃の話だ。神崎は父親の顔を思い出していた。

神崎の父は警察官で、二年前に定年退職していた。うろ覚えだが、神崎が小学生だったときに父は上野署に配属されていたような気がする。父に二十二年前の事件について話を聞いてみたい衝動に駆られたが、生憎父は三日前から入院していた。胃にポリープが見つかったのだ。幸い発見が早かったため命に別状はないらしいが、明日手術をすることになっていた。手術が終わり次第、神崎も父を見舞おうと考えていた。

「では今から割り振りを発表する」

捜査の割り振りが言い渡され、神崎は黒木とともに周辺区域の封鎖に当たることになった。対策本部では引き続き犯人への接触を図って投降を呼びかけると同時に、突入という事態にも備えて警視庁の特殊チームの配備も始めるようだった。

「後手に回っているな」

外に出たところで神崎は黒木に言った。黒木もうなずいた。

「まったくだ。だが中の状況がわからない以上、手を出せねえからな」

無事に逃げ出せた患者からも事情聴取をしていたが、何名の者が院内に残されているかは不明だった。三名の医療スタッフの所在が不明のままで、少なくともその三名が人質になっていると考えられる。逃げ遅れた患者もいるだろう。

神崎は雑居ビルの〈野本クリニック〉がある三階を見上げた。ブラインドが下ろされた窓ガラスの向こうには、明かり一つ見えなかった。

また電話が鳴り始めた。男は苛立ちを覚え、壁を蹴った。処置室の中に目をやると、人質たちが身を寄せ合うようにしていた。少年と男の娘が顔を突き合わせ、こそこそと何か話している。

「てめえら、勝手に喋るんじゃねえ」

男が注意すると、二人は喋るのをやめた。電話の音が鳴り止んだので、男は立ち上がって受付に向かった。ジャンパーのポケットからメモをとり出した。受話器を持ち上げて、メモに記してあった番号をプッシュする。しばらくして電話は繋がった。

「はい、〈スプラッシュ〉です」

「アライさんをお願いしたい」

電話の向こうは騒々しい。〈スプラッシュ〉は若者たちが酒を飲んだり踊ったりする店だ。

「新井《あらい》ですか。今日は来てるかなあ」

腹立たしくなり、男は声を荒立てた。

「いいから早く新井を呼べ」

しばらくして電話の向こうから喧騒が消えた。電話が事務室に回されたのだ。若い男の声が聞こえてくる。

「もしもし。新井ですが」

「すぐに用意してくれ。金は現金で払う」

「あんたか。無理だよ、急に言われたって」

電話の相手である新井は、麻薬の売人だった。渋谷を根城にしている暴力団の末端構成員の一人で、何度か購入しているうちに顔見知りになった。普段は渋谷の〈スプラッシュ〉で用心棒の真似事のような仕事をしているらしい。

「とにかく用意してくれ。こっちは急いでいるんだ」

「わかったよ。何とかしてみるから。でも金は本当にあるんだろうね」

「ああ、それは問題ない」男はレジの金の入ったバッグを見た。「一時間後にまたかける。それまでに手配してくれ」

男は受話器を置いた。置いたと同時に電話がかかってくる。その音を無視して、男は立ち上がった。

「あの、ちょっといいですか？」

処置室の方から声が聞こえた。顔を向けると、少年が立ち上がっていた。

「うるさい、黙ってろ」

「この人がトイレに行きたいって言っているんです」

少年が人質の方に目を向けた。看護師の一人が手を挙げるのが見えた。看護師は青い顔をしている。恐怖だけではなく、実際に尿意を我慢しているようだ。

「ちっ、仕方ねえな」男は看護師に言った。「立て。妙な真似をしたらその場でぶっ殺すからな。お前たちもだぞ」

男は人質たちに念を押した。看護師が立ち上がり、落ち着かない目つきをして処置室から出てくる。トイレは待合室の近くにあった。男は腕時計に目を落とし、看護師に命令した。

「電気は点《つ》けるな。一分たっても出てこなかったら、ドアをぶち破るぞ。急げ」

看護師が慌てた様子でトイレに駆け込んでいった。トイレのドアと処置室の中、その両方を交互に見やりながら、男は額の汗を拭いた。ジュースの自動販売機が置いてあるのが見え、不意に喉の渇きを覚えた。ソファの上に、患者の忘れていった女物のハンドバッグを見つけた。ハンドバッグを手にとり、中から長財布を出した。意外にたくさんの紙幣が入っている。男はすべての紙幣を持ってきたバッグに移し入れた。長財布に入っていた小銭を使い、自動販売機で甘い炭酸飲料を買った。それを半分ほど一気に飲み、男は床に目を落とした。ほかにも患者が落としていった物がないか、確認するためだ。ハンドバッグが落ちているのが見えたので、それを拾い上げようとしたところで男ははっと顔を上げた。

何分たったのだろう。腕時計に目を落としたが、さきほどどこに秒針があったのか忘れてしまっていた。二分、いや三分ほどたってしまったかもしれない。男は慌ててトイレのドアに駆け寄り、ノックした。

「早く出てこい。出てこないと……」

ドアのロックが解除される音が聞こえ、看護師が姿を現した。トイレの水が流れる音がした。看護師の背中を押し、処置室まで連れていく。例の少年が顔を上げ、男の顔を下から睨むように見上げていた。

警視庁の特殊チームが到着すると、現場を包んでいた緊張感が一段と高まった。突入服を着た隊員たちが、まるで兵士のように訓練された動きでそれぞれの所定の位置についていく。その様子を神崎は息を呑んで見守っていた。

「よう、神崎」

特殊チームの動きに気をとられていたせいか、黒木が隣に立っていたことに気づかなかった。黒木は一本の栄養ドリンクの瓶を寄越してきた。それを受けとりながら神崎は黒木に訊いた。

「どう思う？　突入はあると思うか？」

「いや、まだだろうな。中の状況がわからない以上、突入はない」

その読みは神崎も同じだった。まずは犯人との接触を図り、接触後は投降を呼びかけるのがセオリーといえる。神崎は栄養ドリンクのキャップを開けて、一息に飲み干した。

「でも変だと思わないか？」黒木が訊いてきた。「井原って野郎は二十二年前に同じような事件で捕まっているんだ。また同じ過ちを繰り返しているわけだ。よほど学習能力がない男なのか——」

「もしくは別の意図があるってことか」

「ああ。金を奪うなら、いくらでも方法はあるだろ。こんな町医者を襲わなくたって、コンビニあたりに押し入ればいいだけだ。その方が逃走だって容易《たやす》いはずだ」

神崎は現場となっている雑居ビルを見上げた。屋上にいくつかの黒い影が見えた。

ロープを使って突入できるよう、特殊チームの隊員たちが準備を整えているのだろう。

そのとき電話の着信音が聞こえた。黒木がスマートフォンをとり出し、耳に当てる。黒木の顔色が変わった。

「切るな。絶対に切るな」黒木はスマートフォンから一瞬だけ耳を離し、神崎に向かって早口で言った。「中にいる人質からだ。トイレから電話をかけているらしい」

なぜ人質が黒木に電話をかけてくるのだ？　そもそもその人質とは何者なのか。さまざまな疑問が駆け巡るが、黒木は真剣な顔つきで聞き耳を立てた。

「……わかった。あとは俺たちに任せろ。お前の情報は決して無駄にはしない」

黒木は通話を切った。それから対策本部が置かれているファストフード店に駆け込んだ。神崎もあとに続く。

「たった今、中にいる人質と連絡がとれました」

黒木が発した声に対策本部にいた誰もが振り返った。黒木は続けて言った。

「井原は単独犯です。所持している武器は果物ナイフが一本。人質は全部で四名。医師が一名と看護師が二名。それと患者である年配の女性が一名。全員がガムテープで両手を拘束されている模様です」

「だとしたらさっきの銃声は何だ？　奴は拳銃を所持しているんじゃないのか」

警視庁の捜査員の一人が訊くと、黒木は首を振って答えた。

「さあね。俺は人質からの情報をそのまま伝えているだけです。火薬で音が出るタイプのモデルガンじゃないですか。井原は暴力団に属しているわけでもないし、本物の拳銃を手に入れることなど容易にはできないでしょう」

「貴様、人質からの情報は確実なのか？」

別の捜査員が念を押すように訊くと、当たり前だと言わんばかりに黒木がうなずいた。

「ええ。自分はあの〈野本クリニック〉を受診したことがあります。看護師の一人が機転を利かせ、トイレの中から電話をしてきたんです。人質たちに怪我はありません。看護師の印象によると、井原は薬物の禁断症状が出ているようです」

黒木の報告を聞き、対策本部の捜査員たちは今後の対策について検討を始めた。井原に薬物の禁断症状が出ている疑いがあることから、早期の突入を試みようという声も聞かれた。神崎は隣にいる黒木に訊いた。

「お前、本当にあのクリニックに行ったことがあるのか？」

「嘘に決まってんじゃねえか」黒木が小さい声で答えた。「電話してきた看護師だけどな、去年まで西池袋のキャバクラで働いていたんだよ。俺のことを思い出して電話をかけてきたんだ。夜の街で使った金はこういうときに活きるんだよ」

「繋がりました。井原が電話に出ました」

捜査員の一人が叫ぶように言った。対策本部にいるすべての捜査員の目が電話機に釘づけとなった。一人の中年の男――おそらく交渉を任された警視庁の捜査員が受話器を受けとった。

「お電話替わりました。警視庁の者です。そちらは――」

「うるせえ。今から要求を言う」

スピーカーを通じ、二人の会話がはっきりと聞こえた。誰もが固唾を飲んで、その会話に聞き入っている。

「まずは人質の安否を確認させてください。危害は加えていませんよね？」

「うるせえって言ってるだろ。すぐに車を用意しろ。三十分以内にビルの入口まで持ってくるんだ。用意できなきゃ人質の一人が可哀想な目に遭うことになる」

「わかりました。すぐに用意します」

「それから現金で五百万円だ。小さいバッグに入れて持ってこい」

「ちょっと待ってください。いきなり五百万円と言われても……」

「別に五億用意しろと言っているわけじゃない。たった五百万だ。そのくらい用意できるだろうが」

「待ってください。これは私一人で判断できる問題ではありません」

「判断しろ。用意できなかったら人質が死ぬだけだ。もう一つだけ要求がある。運転手を指名するから、今から言う奴を運転席に乗せろ。カンザキだ。カンザキリュウゾウだ」

何だと？　体温が上がるのを感じた。なぜ父なのだ。神崎隆造《りゅうぞう》というのはほかでもない、俺の父親だ。

「ちょっと待ってください。そのカンザキというのは……」

「三十分以内だ。それ以上は待てねえぞ」

電話は一方的に切られた。対策本部は慌ただしくなる。車の用意が命じられると同時に、捜査員の一人が一枚の紙を広げて言った。

「神崎隆造。二十二年前、井原を検挙した元警察官です。二年前に退職して、今は世田谷区千歳台《ちとせだい》に住んでいます」

「その神崎という男と至急連絡をとれ。できればすぐにここに来るように説得してほしい。といっても今は一般人だ。彼にその役を担わせることは難しいだろう」

神崎は大きく息を吸った。二十二年前、父が上野署時代に検挙した男が、この事件を引き起こしているのだ。

「神崎隆造をここに連れてくることはできません」

神崎がそう発言すると、その場にいた捜査員たちの視線が集まるのを肌で感じた。

「神崎隆造は三日前から入院しています。明日、ポリープ切除の手術を受けるからです」

「なぜお前がそれを知っている？」

捜査員の一人が発した問いに、神崎は答えた。

「自分の名は神崎隆一。神崎隆造の一人息子です。車を運転する役目は自分が適任だと考えます」

男は受話器を置いた。これで間もなく車が用意されるはずだ。それに乗って逃げればいい。人質を連れていけば、警察だって手を出してくることはないだろう。

男は再びプッシュボタンを押した。もう一度〈スプラッシュ〉に電話をかけ、新井を呼び出した。

「俺だ。用意できたか？」

電話の向こうで新井が答えた。

「ああ、何とかね。それより受け渡し場所は？」

「店の近くまで行ったら連絡する」

男は電話を切って、処置室の方を見た。人質たちが身を寄せ合っている。男は果物ナイフを手にして、処置室の中に入った。少年の隣に座っている自分の娘に向かって言った。

「そろそろ行くぞ」

娘が顔を上げた。感情のこもっていない目で男の顔を見上げている。わざわざ実の娘を連れてきたのには理由がある。人質にするためだ。

娘を盾にして外に出れば、警察だって迂闊に手を出してくることはないだろう。それに娘は男の言いなりなので、これほど都合のいい人質はいない。もしも追い詰められた場合、娘を置き去りにしてもいい。警察の注意を娘に引きつけることもできるのだ。我ながら名案だと男は思っていた。

「無理だと思うよ」

少年が口を開いた。その口元には微かな笑みが浮かんでいる。さきほどの警察との電話を聞いていたのだろう。

「おじさんは絶対に逃げ切れない。今のうちに降参する方がいい。おじさんを逃がすほど警察も馬鹿じゃない」

「うるせえ。生意気な口を利くな、このクソガキ」

なぜか男は子供の頃のことを思い出していた。男は小学生の頃から勉強ができず、教師からも見放されていた。どのクラスにも必ず勉強ができて、教師からも可愛がられている優等生がいた。自分とは正反対の奴らだ。そういう奴らを心の底では羨ましいと思っていた。目の前にいる少年が、その優等生たちと同じ人種に見えてきた。

「とにかく女の人だけはここから出してあげてください。人質は少ない方が見張りも楽でしょ」

「うるせえって言ってんだよ」

頭に血が昇った。男は果物ナイフの柄で、一番近くにいた看護師の額のあたりを殴りつけた。

看護師が悲鳴を上げた。瞼《まぶた》の上あたりが裂け、鮮血が飛び散った。医師ともう一人の看護師が目を見開いている。リノリウムの床に、二滴、三滴と血がしたたり落ちた。

「お前のせいだぞ、クソガキ。お前が生意気なことを言ったせいで、この女はこんな目に遭ったんだ」

少年は悔しいようで、唇を噛み締めて下を向いていた。殴られた看護師が怯えたように男を見上げている。内心、男は嬉しく思った。生まれて初めて、優等生を支配しているのだ。ここでは誰も俺に逆らう奴はいない。それにもうすぐ金が手に入る。金さえ手に入れれば、それでいい。

男は薄く笑って、ナイフをもてあそんだ。

「井原は人質を連れてくるはずだ。おそらく一人、もしくは二人。三人以上連れてくることはないと我々は踏んでいる」

用意されたのは国産の黒いセダンだった。神崎は防弾チョッキの着心地の悪さを感じながら、警視庁の捜査員から説明を受けていた。

「まずお前は運転席から降り、井原たちを出迎えるんだ。井原が先に人質を車に乗せようとしたらチャンスだ。人質が車に乗ったタイミングを見計らい、後部座席のドアを閉めろ。それからすぐにその場から退避しろ。あとは特殊チームが一気に男を確保する。これがプランAだ」

プランAか。人質の安全を確保し、あとはその場から逃げるだけだ。相手は拳銃を所持している可能性もあるが、こちらも防弾チョッキを着用している。頭部をかばいつつ、車の陰に飛び込めばいい。

「プランAが失敗した場合、プランBに移行する。つまり井原と人質が車に乗ってしまった場合だ。お前は運転席に乗り、井原への説得を試みろ。すぐに車を発進させず、その場で何とか井原を説得するんだ」

奴の目的は神崎隆造にある。息子である自分なら、説得まではいかなくても、その真意を聞き出すことくらいはできるかもしれなかった。

「人質の安全を優先することを決して忘れるな。もし可能なら井原の武器を奪え。同時に我々も救出に向かう。何か質問は？」

「特にありません」

「よし。あと三分で車を出せ」

警視庁の捜査員が立ち去り、入れ替わるように黒木がやって来た。煙草をくわえている。黒木が煙を吐き出しながら言った。

「できればプランAだな。プランBは願い下げだ」

「聞こえてたのか？」

「まあな。できれば代わってやりたいところなんだが、この役目だけはお前の方が適任だ。残念ながらな」

神崎は現場の方を見た。百メートル先に〈野本クリニック〉の入ったビルがある。ビルの前には人影は見えないが、柱の陰や自販機の後ろなど、至るところに特殊チームの隊員たちが息を殺してひそんでいるはずだ。

「死ぬなよ、神崎」黒木が煙草をくわえながら言った。「お前を死なせるわけにはいかないんだ。絶対にな」

黒木の横顔を神崎はまじまじと見つめた。

思えばこの男とはもう十年以上の付き合いだ。特に池袋署で同じ課に配属されてからは、毎日のように一緒に捜査をしてきた。

同期ということもあり、持ちつ持たれつの関係だった。しかしこの男には何度も危ないところを救われてきた。黒木がいたからこそ解決に導けた事件も多い。

今まで正面切って礼を言ったことはない。しかし神崎は不意に疑問を抱いた。なぜお前はそこまでして俺の肩を持つのか。同期だから。友人だから。それ以外にも何か理由があるのではないか。

「黒木、お前はなぜ……」

神崎が声を発しようとすると、黒木が先に言った。

「お前に死なれちまったら、からかう相手がいなくなっちまうからな。おい、そろそろ時間じゃねえか」

腕時計に目を落とし、神崎は大きく深呼吸をした。運転席のドアに手をかける。シートに座ろうとしたところで、黒木の声が聞こえた。

「頑張れよ、神崎。俺は離れた場所から見物させてもらう。流《なが》れ弾《だま》に当たったら元も子もねえからな」

シートに座り、神崎はハンドルを握った。助手席に小型のバッグが置いてあった。そこに五百万円の札束が入っている。警視庁が急遽用意したものだった。

神崎は車のエンジンをかけ、ゆっくりとアクセルペダルを踏み込んだ。


男はブラインドの隙間から外の通りを見ていた。人の気配はないが、どこか不穏な空気が漂っている。そこら中に警察の奴らがひそんでいそうな気がする。なめやがって。俺に手を出してきたら、人質をぶっ殺してやる。今の俺は無敵なのだ。

男は二週間前まで建設現場で下請け会社の作業員として働いていた。東京駅近くのホテルの建設現場だった。作業の途中、男が物陰に隠れて煙草を吸っていると、それをたまたま現場監督に見つかってしまった。その現場監督は大手ゼネコンから出向してきている大学出の男で、偉そうな態度が作業員たちの不評を買っていた。現場監督は男の顔を見て、唇を歪めて言った。あんた、明日から来なくていいよ。

今だったら、あの現場監督を打ちのめすことができる。もしあの現場監督がこの場に人質としていたら、さぞ痛快だったはずだ。小便を漏らして謝っても、俺はあいつを許さない。男はしばしありもしない空想にふけった。あの現場監督が土下座をして謝る様を思い浮かべた。

西側からヘッドライトの光が近づいてくるのが見え、男は我に返った。ヘッドライトはビルの前で止まった。黒っぽい乗用車だった。運転席から一人の男が降り立つのが見えた。

「行くぞ」

男が呼ぶと、娘が立ち上がって処置室から出てきた。ほかの人質たちは不安そうな眼をしているが、どこか安堵しているような感じもした。ただ、少年だけは悔しそうに唇を噛んでいる。男は処置室のドアを閉めながら、人質たちに向かって言った。

「邪魔したな」

待合室を通り、ドアを押して外に出た。外は蒸し暑かったが、男は悪寒のようなものを感じた。背筋をナメクジが這っているような気持ち悪さだった。薬だ。薬さえ手に入れば気分も楽になるはずだ。男は額の汗を手の甲でぬぐった。

「行くぞ、おい」

娘の背中を押して、歩き出そうとしたところだった。突然、閉めたはずの背後のドアが開き、例の少年が姿を現した。まだ両手はガムテープで縛られたままだが、どこから持ち出したのか、一本のハサミを手にしている。少年はハサミを構えながら言った。

「放せ。その子を放せ」

少年の目は血走っている。手にしたハサミが小刻みに震えていた。

「上等だ。このガキ」

男は果物ナイフを構え、腰を落とした。少年が雄叫びを上げながら、男に向かって突進してきた。男はハサミの切っ先をかわしながら、少年の腹に膝蹴りを喰らわせた。少年はその場でくの字になって、床に倒れ込んだ。

「百年早いんだよ」

男は床に落ちていたハサミを拾い上げてから、少年の背中を蹴り上げた。苦痛に顔を歪め、少年は体を丸くしていた。そのときだった。

細い手が飛びついてきた。娘だった。娘はナイフを持った男の右手にしがみつきながら、少年に向かって叫んだ。

「逃げて！　逃げて！」

男はその手を振りほどこうとしたが、娘は手を放そうとしない。少年は膝をつき、ようやく立ち上がった。争う二人の姿を見て、少年は驚いたようにその場に立ち尽くしていた。

男は渾身の力を込めて、娘の手を振り払った。娘は壁まで飛ばされて、その場にくずおれた。

「てめえ、実の父親に向かって……」

荒い息を吐きながら、男は娘の髪を摑んで引きずり起こした。ぐったりとした娘を、階段の上に立たせる。娘の母親のことが目に浮かんだ。水商売上がりの女だった。出会って一年後に娘を産み落とし、女は死んだ。ずっとほかの女に娘の面倒をみさせてきたのだが、その女も半年前、愛想を尽かして出ていってしまった。

今思えば、本当に俺の子かどうかわかったもんじゃない。今まで育ててやった恩義を忘れやがって。気がつくと、男は娘を蹴り飛ばしていた。

「やめ――」

少年が手を伸ばしたが、間に合わなかった。娘は階段を転げ落ちていく。男は少年の襟を摑み、怒鳴るように言った。

「俺に歯向かうな。お前が人質になれ。いいな」

少年は蒼白な顔つきで、階段の下を見下ろしていた。


ビルの入口に人影が見え、神崎は姿勢を正した。現れたのは女性が一人、その後ろに男の姿が見えた。男はあたりを窺うように視線を左右に動かしながら、ゆっくりとこちらに向かって歩いてくる。神崎は車の後部座席のドアを開けた。

人質となっている女性は二十代半ばあたりで、ほっそりとした顔つきだった。あれが黒木に連絡してきた女性なのかもしれない。女性の背後に立つ男の姿が徐々に見えてくる。白髪混じりの男だ。年齢は六十五歳のはずだが、もっと年をとっているように見える。異様なほどに頰が痩せこけていた。

「誰だ、お前。俺は神崎を呼んだんだ」

井原が警戒した目つきで言った。神崎は両手を挙げ、自分が丸腰であることを相手に示してから言った。

「神崎隆造はここに来ることはできない。彼は現在入院中だ」

「入院中だと？　俺を騙すつもりか」

「騙す気などない。私は神崎隆一。神崎隆造の一人息子だ」

神崎は胸のポケットから警察手帳を出し、バッジを見せた。それを一瞥してから、井原は口元に笑みを浮かべた。

「ふん。息子か。まあいいだろう」

怯えたような目をしている女性と目が合った。神崎は言った。

「さあ、そちらの方から乗ってください」

一歩足を踏み出した女性の肩を、後ろから井原が摑んだ。

「その手には乗らん。まずはお前が運転席に座れ」

神崎は唇を嚙んだ。これでプランAは消えた。思った以上に頭の回る男のようだ。神崎は仕方なく運転席に乗り込んだ。

やがて井原と人質の女性が後部座席に乗り込んでくる。井原はちょうど神崎の真後ろに座る格好になった。すると井原が咳き込み始めた。風邪などではなく、どこか内臓を病んでいるような咳き込み方だ。咳が治まると井原が言った。

「お前の親父、どこに入院しているんだ？」

「世田谷区の病院だ」

やはり復讐か。二十二年前に捕まったことを根に持っていて、その腹いせにこんな事件を引き起こしたということか。まったく正気の沙汰じゃない。

「十五年だ」後ろで井原が言った。「お前の親父に捕まって、俺は十五年も刑務所にいた。出てきたときはもう五十代後半だ。何もできやしなかった。金もなく、職もなかった。日雇いの仕事をするくらいだ。先週、仕事の途中で血を吐いて倒れてな。病院に運ばれて、そこで癌だと医者から告げられた」

だとしても親父を恨むのは筋違いだ。神崎はその言葉を飲み込み、井原の言葉に耳を傾けた。運転席のウィンドウ越しに、特殊チームの隊員たちが車をとり囲もうとしているのが見えた。

「生憎俺には手術を受ける金なんてないし、手術をしたところでどのみち助からねえ。そんなとき、俺を捕まえたあの男のことを思い出したんだ。あいつに捕まったお陰で、俺は十五年も刑務所に入る羽目になった」

井原が恨んでいるのは父ではないとわかった。彼が恨んでいるのは世間であり、また自分自身だ。

「それに五百万円が入っているのか？」

井原の視線が助手席に置かれたバッグに向けられていた。神崎はうなずいた。

「そうだ。間違いなく入っている」

「寄越せ」

神崎はバッグを持ち上げ、後部座席に差し出した。井原の手が伸びてきて、奪うようにそれをとり上げた。

「逃げ切れるわけがない。考え直すなら今のうちだ」

神崎がそう言うと、井原は鼻で笑った。

「馬鹿言うな。いいから車を出せ。行き先は羽田空港だ」

「羽田だと？」

「そうだ。フィリピンに飛ぶんだよ。ムショにいた頃の仲間から聞いたんだ。あっちは物価も安いし、五百万あればかなり豪勢に暮らせるようだ。最後くらい贅沢したいと思ってな。そして俺を逮捕したお前の親父に金を運ばせ、空港まで送り届けてもらう。こんな痛快なことがほかにあるか？　まあ親父が駄目なら息子でもいいだろう。早く車を出せ」

井原は時折咳をしながら、一気に話した。迫りくる死に囚われた男の妄想が、今回の事件を引き起こしたのだ。犯罪者がそう簡単に出国できるわけがない。完全に常軌を逸している。人質の女性が怯えたように、井原から少しでも身を引き離そうと窓ガラスに額を押しつけていた。

「わかった。羽田までお前を送り届けてやる。その代わり条件がある」

「条件だと？　ふざけたことを言うな」

井原が神崎の真後ろで唾を飛ばすように言った。

「人質は俺一人で十分だろ。その女性は解放してやってくれ」

「駄目だ。早く出せ」

「お願いだ。その人を解放するんだ」

一瞬だけ考えたのち、井原が口を開いた。

「手錠を出せ。手錠をお前の右手の手首に嵌めて、もう一方をハンドルにかけろ」

神崎は言われた通りにした。右手とハンドルが固定されてしまった格好になる。これで動きが制限されてしまうが、運転くらいはできるだろう。バックミラーに目をやると、井原がにやにや笑っていた。

「それでいい。おい女。お前は外に出ろ」

井原の言葉にうなずいて、人質の女性がドアを開けた。女性が外に出るや否や、別の男が後部座席に乗り込んできた。バックミラーでその人物の姿を見て、神崎ははっと息を呑んだ。

「神崎、出せ！」

黒木はそう言いながら、井原に飛びかかった。神崎は一気にアクセルを踏み、車を急発進させた。後部座席では黒木と井原が格闘していた。黒木は何とか井原からナイフを奪おうとしていたが、井原も力を振り絞るように応戦していた。

バックミラーを見ながら、神崎は車を走らせた。スピードメーターは時速四十キロを示している。井原が突然咳き込み、口から血の塊のようなものを吐き出した。それに気をとられたのか、黒木の動きが一瞬だけ止まり、井原に自由を与えてしまった。井原が右手に持ったナイフを振りかぶり、黒木に向かって切りつけようとしていた。

神崎は咄嗟にハンドルを切った。視界に街路樹が見え、次の瞬間、激突した。衝撃と同時に白いものが視界を覆う。エアバッグだった。

エアバッグを押しのけて、神崎は後部座席を見やった。シートに頭をぶつけたのか、井原はぐったりとしていた。気を失っているようだ。

黒木が井原の手から果物ナイフをとり、自分の脇腹を押さえながら神崎に向かって言った。

「安全運転で頼むよ。あばらを痛めちまったようだ。今日の夕飯、お前の奢りだぞ、相棒」

男は少年を連れて外に出た。遠くでカメラのフラッシュが焚かれたのがわかる。遠巻きに見ていた野次馬たちからどよめきの声が洩れた。まるで笑われているような気がして、男の苛立ちは募った。

「早く歩け」

少年の背中を押し、男は前に進んだ。黒っぽい車の前に一人の男が立っていた。四十歳くらいの角刈りの男だ。背広を着ているということは刑事だろう。

「ケンジ、ケンジ！」

女性の声が聞こえた。その声を聞き、少年が顔を上げ、小さくつぶやいた。「お母さん……」

このクソガキの母親が騒いでいるということか。男は唾を吐き、少年の背中を小突いた。母親らしき女性は数人の警官に押さえられていたが、制止を振りほどこうとしながら我が子の名を叫び続けている。

「俺は上野署の神崎だ」

角刈りの刑事がそう名乗り、後部座席のドアを開けた。男は神崎という刑事に向かって果物ナイフを向けながら、慎重な足どりで車の前まで進んだ。少年の背中を押す。

「乗れ。お前からだ」

少年が後部座席に乗ったそのときだった。神崎が開いていたドアを足で蹴った。ドアは閉まり、少年だけが車の中に残された。その状況が何を意味しているのかわからず、男はしばらくその場に立ち尽くしていた。やがて機動隊員たちがとり囲んでいることに気づき、自分が人質という切り札を失ったことを知った。

「畜生、ふざけた真似を……」

機動隊員たちが輪になって男の逃げ道を塞いでいた。男は果物ナイフを握り締めた。角刈りの男を見つめた。この男だ。この男のせいで台無しになっちまった。せめて道連れにしてやらないと気が済まない。

雄叫びを上げ、男は神崎に向かって飛びかかった。ナイフの切っ先はあっさりとかわされ、手首に激痛が走った。ナイフがアスファルトの上に落ちる。神崎の手刀で叩き落とされたのだ。

機動隊員の一人に背中から羽交い締めにされる。二人、三人と機動隊員たちが押し寄せてくる。もう身動きはとれなかった。

「大人しくしろ。お前を逮捕する」

神崎が手錠をとり出し、それを男の右手に嵌めた。急に腰が抜けたように男はその場に尻をついた。気持ちが悪かった。猛烈な吐き気が襲ってくる。

「ケンジ！」

そう言って一人の女性がこちらに向かって走ってくるのが見えた。目の前に停車している車の後部座席のドアが開き、少年が降り立った。母親らしき女性が少年を力強く抱きしめた。

「よく頑張ったな、ケンジ君」神崎が少年の頭を撫でていた。それから母親の方に向き直り、神崎は言った。

「お子さんがご無事で何よりでしたね、黒木さん」

「ありがとうございました。ありがとうございました」

母親が何度も頭を下げた。神崎は照れたように笑ってから、背中を向けて立ち去っていく。

「あの子が……あの子が……」

少年は涙を流しながら、そうつぶやいていた。その目は出てきたばかりの雑居ビルの入口に向けられていた。

第八話　決別

虫の知らせ、というやつだろうか。その電話が鳴り始めたとき、神崎隆一はどこか嫌な予感がした。しかし強行犯係の面々は全員が出払っている。受話器をとりながら、神崎は腕時計に目をやった。時刻は午後五時を過ぎたところだった。

「こちら池袋警察署刑事課強行犯係です」

「池袋西口交番の玉木《たまき》です。神崎巡査長ですね」

かけてきた相手は交番勤務の警察官だった。喧嘩だろうな、と神崎は頭の隅で思った。地域課では手に負えない事案の場合、刑事課に応援の要請が入ることが多いからだ。

「西口近くの路地で暴行事件が発生しました。被害者は四十代の男性会社員。頭を殴られたと主張しています」

「わかりました。すぐに向かいます。ところで加害者は？」

「現場にいます。ですが……」

玉木という警察官が電話の向こうで言い淀んだ。神崎は先を促した。

「どうかしましたか？」

「それが、実は……」

続けられた言葉を聞き、神崎は言葉を失った。玉木が告げた場所をメモ用紙に記しながら、神崎は慌てて立ち上がった。ちょうど二人の先輩刑事が外から戻ってきたので、神崎は手短に事情を説明する。啞然としている先輩刑事をその場に残して、刑事課のフロアをあとにした。

署から出た。十月になり、街には秋の気配が濃く漂っている。西口公園の木々も黄色く色づき始めていた。平日の夕方という時間帯であっても、池袋の街は人でごった返している。神崎は駆け足で現場へと急いだ。

「こちらです。神崎巡査長」

ＪＲ池袋駅西口から北に百メートルほど行ったところにある路地の前で、一人の警察官に声をかけられた。玉木だった。署の道場で何度か竹刀を合わせたことはあるので面識はある。玉木に先導されて細い路地に入っていく。居酒屋やラーメン屋などが軒を連ねている雑然とした路地だ。行く手を塞ぐように一人の男が立っていた。携帯電話を耳に当て、何やら話している。

「まったくこっちもいい迷惑ですよ。ちょっと帰りは遅くなると思うんで。……ええ、弁護士の先生にも連絡しておいてください」

通話を終えた男が、携帯電話を畳みながら神崎の方を見た。銀縁の眼鏡をかけた几《き》帳面《ちょうめん》そうな男だった。

「あなたが担当者ですね？　所属と名前、教えていただけますか？」

「神崎です。池袋署刑事課強行犯係の者です。失礼ですが、お名前は？」

「マエカワと申します。これで名乗るのは二度目です。さきほどの警察官にも名前を言いましたので」

厄介な相手だな。神崎はそう感じた。憤っているわけでもないし、かといって怯えている様子もない。冷静そのものといった感じだ。

前川はおでこのあたりを気にする仕草を見せた。うっすらと赤くなっていることから、そこを殴られたということだろう。前川はポケットから何かをとり出した。

「これを見ていただけますか？」

前川が見せてきたのは一台のスマートフォンだった。液晶画面に大きな亀裂が入っていて、内部の機械類が剝き出しになってしまっている。相当強い力が加えられたのは間違いない。加害者に破壊されたと前川は言いたいのだろう。

「詳しいお話は署で伺います」神崎はそう言って、背後に控える玉木に訊いた。「ところで加害者は？」

「あちらです」

玉木が首を向けた先に一台の自動販売機があった。その裏から煙草の紫煙《しえん》が風に舞っていた。神崎は自動販売機に近づき、その裏を覗き込む。一人の男が顔を上げた。

「よう、神崎。遅かったじゃねえか」

そう言って黒木が煙草を揉み消して立ち上がる。今日、黒木が非番であることは署の予定表を見て知っていた。しかし黒木はいつもと同じシックなグレーのスーツに身を包んでいる。

「ほ、本当にお前が……」

「そういうこった」と黒木が胸を張って答えた。「逃げも隠れもしない。俺が犯人だ。煮るなり焼くなり好きにしてくれていい」

「ちょっと待て、黒木」

非番中とはいえ、現職の刑事が一般人に暴行を働くなど、それこそ大問題だ。しかも当の本人は偉そうにふんぞり返っている。混乱に陥りながらも、神崎は何とか言葉を吐き出した。

「……少し話を整理させてくれないか？　これは何かの捜査の一環なのか？」

「話を整理する必要はないですよ、刑事さん」

振り向くと前川が立っていた。冷酷な視線を黒木に対して向けている。眼鏡のフレームを指で押し上げてから、前川が言った。

「この男性がいきなり私を殴ってきたんです。何で殴られたのか、私には身に覚えがありません。目撃者だっています。あのラーメン屋の店員が証言してくれるはずです」

前川が指をさした先に一軒のラーメン屋の暖簾《のれん》が見え、その前に黒いTシャツを着た若い店員が立っていた。騒ぎを聞きつけ、事の成り行きを見守っているという感じだった。

「しかもこの方は刑事らしいですね。これは由々しき問題です。私は絶対に泣き寝入りをするつもりはありません」

前川は懐から名刺入れを出した。一枚の名刺をこちらに寄越しながら、前川は不敵な笑みを浮かべた。

「ちなみに私はこういう者です」

渡された名刺を見て、神崎は眩暈《めまい》を起こしそうになった。事態がさらに悪い方へ悪い方へと転がっていく。

東都《とうと》出版。渡された名刺にはそう書かれていた。よりによってマスコミだ。暗澹《あんたん》たる気持ちになり、神崎は黒木に目を向けた。自分に降りかかった災厄など知らないとでもいうように、黒木は薄ら笑いを浮かべていた。


「神崎、ちょっといいか」

係長の末長にそう言われ、神崎は席を立った。係長の背中を追って刑事課を出て、エレベーターに乗る。下の階から乗っていた制服警官たちが、神崎たちの姿を見て目を伏せた。すでに署内では噂になっていることだろう。

黒木たちを署に連行してから三時間が経過していた。時刻はすでに午後八時を回っている。黒木が一般市民に暴行を働いたという前代未聞の不祥事に、署の幹部たちは慌てふためいていた。署長、副署長を始めとする幹部連中が会議室にこもり、対応策を練っていた。同時に加害者である黒木と被害者である前川への事情聴取も並行しておこなわれた。立ち会っている同僚刑事の話によると、黒木は自分が犯した罪を全面的に認めているらしい。動機に関しては、向こうが眼《ガン》を飛ばしてきたからと中学生レベルのたわごとを繰り返しているようで、これには同僚刑事も手を焼いている様子だった。

「失礼します」

とある会議室の前で末長は足を止め、ノックをしてからドアを開けた。末長に続いて神崎も会議室の中に足を踏み入れた。

広い会議室の中に、一人の男が座っていた。テーブルに広げられた資料を読み込んでいるようだった。末長が姿勢を正して言った。

「神崎を連れてきました」

資料を読んでいた男は顔を上げ、短く言った。

「ご苦労様です。彼と二人きりにしてください」

末長がうなずき、会議室から出ていった。見たことのない男だったが、何となく想像がついた。黒木が不祥事を起こしたタイミングで所轄署に足を運ぶとなると、警視庁の人間としか考えられない。神崎の読み通り、男が言った。

「警視庁警務部の丸藤《まるふじ》です。神崎巡査長だね？」

「はい、自分が神崎です」

警務部ということは、おそらく監察官だろう。華奢《きゃしゃ》な体格をしているが、その眼光は驚くほど鋭かった。年齢は五十代前半くらいか。丸藤が資料から顔を上げて言った。

「検挙率も悪くない。むしろ池袋署ではかなり高い検挙率だ。君はこの黒木巡査長と同期のようだね」

「はい。そうです」

「今回、黒木巡査長の仕出かした不始末は警視庁でも大きな話題になっている。しかも相手が悪い。前川という被害者は東都出版の〈週刊エブリウィーク〉の編集部に籍を置いているらしいな」

〈週刊エブリウィーク〉はスクープ誌だ。駅の売店などでも目にする週刊誌で、時事問題などに鋭く切り込むことで有名だった。前川はその編集部に籍を置いている社員編集者で、肩書きは副編集長だった。

「黒木巡査長の処遇についても、迅速に判断しなければならない。今回の件では、私にその判断が一任されている」

なぜ本庁の監察官がわざわざ俺を呼び出したのだろうか。神崎の胸の中にはそんな疑問が湧いていた。丸藤がファイルを閉じながら言った。

「なぜ黒木巡査長がこんな真似をしたのか。君にはそれを探ってもらいたい。本当に黒木巡査長に非があったのか。それを明らかにしてほしいんだ」

黒木の犯した事件を調べろ。丸藤はそう言っているのだ。丸藤は続けて言った。

「それだけじゃない。これまでの黒木巡査長の素行についても詳しく報告を頼む。生活態度から捜査手法に至るまで、思い当たる範囲ですべてだ。彼が警察官に適した人間なのか否か。それを調べ上げてくれ」

「なぜですか？」神崎は素朴な疑問を口にした。「なぜ自分なんでしょうか。ほかに適任者はいないのでしょうか。私は黒木と同期です。冷静な判断ができるとは思えません」

「同期だからこそ、だ。同期であるからこそ、君には冷静な判断をしてもらいたい。ところでお父上はお元気かな？」

突然、父のことを訊かれ、神崎は面喰らった。丸藤が口元に笑みを浮かべて言った。

「もう今から二十年以上も前だ。君のお父上には可愛がってもらったよ。だからご子息である君のことは前々から知っていたんだ」

父は先月に胃のポリープの摘出手術を受けたが経過は良好で、現在は世田谷区の実家で静養している。釣りが趣味の寡黙な父だった。

「君の資料にも目を通させてもらった。謹厳実直な性格はお父上から受け継いだようだな。今回の件の働き如何によるが、来年の春、できれば君を本庁に呼びたいと私は考えている。仲のいい同期に対して、どこまで冷静な判断を下すことができるか。そこを拝見させてもらう」

黒木が犯した不始末を調べると同時に、黒木の素行を調査せよと丸藤は言っているのだった。与えられた任務に神崎は言葉を失った。しかも相手は本庁の監察官なので、断ることなどできない。丸藤は腕時計に目を落として言った。

「事態が事態だけに、あまり猶予もない。二日、いや一日半だ。今から三十六時間後、明後日の午前九時。この会議室に来てくれ。私からは以上だ」

そう言って丸藤は再び別のファイルを開き、目を通し始めた。神崎はその場で敬礼をして、踵を返して会議室から出た。

三十六時間後、黒木と、そして自分の運命も大きく変わるかもしれない。そう思うと膝が震えるほどの緊張と不安を同時に覚えた。

翌朝、神崎は中落合にある黒木の自宅マンションを訪ねた。黒木が解放されたのは深夜一時過ぎのことだったが、捕まえることができなかった。神崎は一晩中、署の自席で黒木が過去に扱った事件を精査し、捜査方法に問題がなかったのかと思案した。しかし冷静になればなるほど、黒木のこれまでとってきた捜査手法は通常のそれを大きく逸脱していたと思える。たとえば先月発生した立てこもり事件でも、対策本部の指示を無視して逃走車輌に乗り込んでいたし、その前にも管轄を無視して自分のマンションで起きた殺人事件を捜査していた。正式な許可をとらずにホストクラブに潜入捜査をしたこともある。結果はともあれ、報告に頭を悩ませる事案ばかりだった。

何度もインターホンを鳴らしたが、黒木が出てくる気配はなかった。黒木は当面の間謹慎処分になると係長の末長から聞いていた。携帯電話を鳴らしても繋がらない。仕方なく神崎は黒木のマンション近辺を探してみることにした。いずれにしても謹慎処分を受けているので、遠くには行っていないだろうと推測したからだ。

小一時間ほど中落合近辺を歩き続けた結果、黒木の姿を発見した。こともあろうに黒木はパチンコ店にいた。煙草をふかしながらパチンコに興じている黒木の姿を見て、神崎は怒りを覚えた。こいつはいったい何をやっているんだ。神崎は黒木の肩を叩き、そのまま店外に連れ出した。

「どういうつもりだ、貴様。自分が置かれた状況がわかっているのか?」

神崎が問い質すと、黒木が煙草の煙を吐き出しながら言った。

「どうせ処分を待つ身だ。どこで何をしていようが俺の勝手だろ。お前こそ何をしているんだ？」

神崎は答えなかったが、黒木がこちらの目を覗き込むようにして言った。

「さては神崎、お前、俺のことを調べるように上から頼まれたんじゃねえか」

さすがに鋭い読みをしている。神崎はうなずいた。

「ああ。本庁の監察官直々の依頼を受けた。お前、このままだと危ういぞ」

その監察官が父の元部下であり、本庁行きの打診を受けたことまでは言えなかった。黒木を救うか、それとも黒木の不始末を踏み台にして警視庁に行くか。その二択を迫られていることなど、当の本人に言えるわけがない。

「ふん。本庁のお出ましか」黒木は鼻で笑った。「俺の素行を調べるのにお前以上の適任者はいない。本庁のお偉いさんも考えたもんだな。でも好都合じゃないか、神崎」

「どういうことだ？」

「俺のことはすべて正直にぶちまけてくれても構わないぜ。これでお前も警視庁のお偉いさんの目に留まるかもしれない。情に流されない冷静な刑事。出世のチャンスってわけだ」

すべて見透かされているような気がした。黒木の話していることは、状況を的確に見抜いている。神崎は首を振って言った。

「馬鹿な。お前、そんなことをしてしまえば、それこそどうなるかわからないぞ。飛ばされるだけならマシだ。下手をすれば……」

「いいんだよ、神崎。俺は覚悟ができている」

「覚悟、だと？」

「ああ。俺は警察官を辞めるつもりだ」

黒木はきっぱりと言い切った。その口振りは冗談を言っているようには見えなかった。

この一ヵ月ほど、黒木の様子がおかしかった。どこか上の空というか、捜査に身が入っていないような印象を受けていた。黒木が変わったのは、先月の立てこもり事件からだった。

事件は無事に解決されたが、その事件で神崎はこれまでに知らなかった黒木の過去を知った。二十二年前、実は黒木自身が同じ犯人が引き起こした立てこもり事件の人質になっており、その救出に尽力したのがほかでもない、神崎の父親だったのだ。神崎がその事実を知ったのは、事件が解決した三日後だった。見舞いのために父の病室を訪ねた際、父から聞かされたのだ。

「辞めるって、お前……。いきなり何を言い出すんだよ」

神崎が詰め寄ると、黒木が唇の端を歪めて笑った。

「当たり前だろ。俺は刑事として、警察官としてあるまじき行為を犯した。責任をとるのが道理ってやつだ」

黒木が責任をとるのが真っ当であることは神崎にも理解できた。しかし神崎はそれを認めることなどできなかった。何一つとして事情がわかっていないのだ。真実を焙《あぶ》り出すことが第一だ。

「黒木、教えてくれ。なぜだ？　なぜあの前川って男を殴ったんだ？」

そう訊いても黒木は答えなかった。もう話は終わりだ。そう言わんばかりに黒木は首を振り、神崎に背を向けた。

「どこに行く？　まだ話は終わっちゃいない」

「終わったよ」黒木は立ち止まり、振り返って答えた。「とにかく俺は警察を辞める。神崎、お前は包み隠さず俺のことを報告するんだ。そしてお前は上に上がれ。それが最良の選択だ」

黒木はそう言って、パチンコ店の自動ドアの向こうに消えていった。神崎はしばらくその場に立ち尽くしていた。黒木の表情が頭から離れなかった。あれほど真剣な顔をした黒木を見るのは初めてだった。

「いらっしゃいませ」

店内に足を踏み入れると、威勢のいい店員の声が響き渡った。まだ午前十一時という時間帯のせいか、店内に客の姿はない。神崎は事件の現場近くにあるラーメン屋に足を運んでいた。黒木が何も語ろうとしない以上、自分自身で調べるしか道はない。

「すみません。客じゃないんですよ」神崎はそう言って警察手帳を見せた。「昨日の夕方、店の前で喧嘩騒ぎがあったのはご存知ですよね。あの事件について、話を聞かせてもらいたいんです。誰か、一部始終を見ていた人はいませんかね」

L字形のカウンターの中で三人の男たちが慌ただしく下準備に追われていた。全員が黒いTシャツに赤い鉢巻をしている。都内を中心に展開する塩ラーメンの専門店だ。

「あの事件の被害者のことなら、俺知ってますけど」

そう言ったのは店員の中で一番年長とおぼしき男だった。年長といってもまだ二十代後半くらいだろう。名札を見ると『野田《のだ》』という名字が見てとれた。

「ちょっと話を聞かせてもらえますか？」

神崎がそう言うと、野田という男はタオルで手を拭きながら、カウンターから出てきた。二台あるテーブル席のうちの一卓に向かい合うようにして座った。

「どうも胡散臭《うさんくさ》かったんですよ、あの客」

野田がそう切り出したので、神崎は思わず訊き返していた。

「どちらですか？　被害者と加害者、どちらが客だったんですか？」

「両方ですよ、両方」野田が腕を組んで答えた。「二人ともうちの客だったんです。二人がうちの店を出た直後、あの事件が起きたんですよ。騒いでいる声が聞こえたんで、俺も外に出たんです。そしたらあの二人が何やら騒いでいました」

「胡散臭い、と仰いましたね。それはどちらですか？」

「中年のおっさんの方ですよ」

被害者である前川の方だ。黒木も三十を超えているが、まだおっさんと言われるには若い年齢だ。神崎は続けて訊いた。

「どう胡散臭かったんですか？」

「三日、いや四日かな。連続で店に来ていたんです。どこか挙動不審というか、周りの目を気にしているような感じがしました。うちの店、最初に食券機で金を払うんで、無銭飲食っていうのはあり得ないし、気になっていたんです」

二人連れの若者が店内に入ってきた。慣れた様子で食券機で食券を買い、二人並んでカウンターに座るのが見えた。食券を確かめてから、中にいた店員の一人が鍋の中に麵を回し入れた。

「具体的に、どこがどうおかしかったのか、思い出していただけませんか？」

「うーん、何ていうのかな。とにかくスマホをいじっていました。ラーメンを食っている最中もスマホを手放すことはなかったですね。たまに周囲の目を気にするみたいに、あたりを見回していましたっけ。気になって観察していたら、何回か目が合いました。するとバツが悪そうに目を背けるんです」

店員がここまで鮮明に憶えているということは、店内での前川の挙動はかなり怪しいものだったのだろう。そういえば、と神崎は思い出した。前川が所持していたスマートフォンは破壊されていた。当然、それをやったのは黒木だ。神崎は思いついた着想を口にした。

「たとえばですが、スマホを使って店内を撮影したとは考えられないですか？」

「撮影ですか？　それもあるかもしれませんね。でもだったら言ってくれればいいのに。うちの店、料理の写真とかは禁止してないから」

外食の際に料理の写真を撮る人の姿をよく見かける。だがそこまでコソコソしてラーメンの写真を撮ろうとするのは解せなかった。

「料理の写真以外で、ほかに何か思い当たることはありませんか？　この店の中にある、被写体になりそうな何かです」

ブザーが鳴る音が聞こえた。カウンターの中にいる店員が茹で上がった麺の湯を切り始めた。鍋の近くに砂時計が置いてあるのが見える。かつて使っていたものだろうか。

「被写体ですか？　特にないですけど、もしかしたら……」

「もしかしたら？」

「アキエちゃんかもしれません。うちのバイトの女の子です。結構可愛い子――まあ俺よりも年上なんですけどね。うちの店でラーメン以外に写真を撮るっていえば、彼女くらいかな」

野田は冗談交じりに言った。彼女を盗撮する理由が前川にあったのだろうか。彼女からも事情を訊いて損はない。神崎はそう判断して、野田に訊いた。

「そのアキエさんという店員の方ですが、今日はお休みですか？」

「それが急な話で驚いているんですけど、彼女、店を辞めてしまったんです」

「えっ？　いつですか？」

「昨日です。寝耳に水ってやつですよ」

さきほど感じた失望が、やや希望へと傾いた。事件の直後、一人の女性店員が店を辞めた。偶然を疑うのが刑事の鉄則の一つだ。

「いらっしゃいませ」

店員たちの威勢のいい声が響いた。立て続けに客が入ってきたようで、食券機の前に五人ほどが列を作っていた。そろそろ昼飯どきだ。これ以上長居するのは商売の邪魔だろう。

「ご協力ありがとうございました。最後に一つだけ、お願いがあります。アキエさんという方の連絡先を教えていただけませんか」

「わかりました。ちょっと待ってください」

野田が立ち上がり、カウンターの中に入っていった。食券を買った客たちが次々とカウンターのスツールに座り始めていた。男の店員が額に汗を浮かべ、麺の湯切りをしていた。使われなくなった砂時計をぼんやり眺めていると、野田に声をかけられた。

「これ、彼女の連絡先です。住所はわかりません。履歴書とかは本部で一括して保管してあるんで。それと刑事さん、秋絵《あきえ》ちゃんなんですけど……」

野田がそこまで話したところで、客の一人が野田の背中に声をかけた。「すみません。このトッピングって……」

野田が客に対して説明を始めたので、神崎は目礼してから店を出た。受けとった紙片には、彼女の名前と携帯電話の番号が走り書きされていた。井原秋絵。

まさか……あの井原と何か関係があるとでもいうのだろうか。


神崎がその足で向かったのは、千歳台にある実家だった。先月、胃のポリープの摘出手術を受けた父は、自宅で療養しているはずだった。父は六十二歳で、まだまだこれからという年齢だ。定年したら釣り三昧の生活を送る。警視庁で働いていた頃から、父はよくそう言っていた。

「何か用か？」

神崎が応接間に入ると、ソファに座っていた父の隆造が顔を上げた。長年刑事をしてきたせいか、昔から陽に焼けていて、それがすっかり地顔になってしまっている。

神崎は冷蔵庫を開けたが、すぐに食べられるようなものは入っていなかった。仕方なく神崎はバスケットの中に入っていたバナナを一本とり、それを剝きながら父の前に座った。

「母さんは？」

「近所の友達とホテルバイキングに行った。あと二、三時間は戻らんだろう」

バナナを頬張りながら、神崎は言った。

「先月の立てこもり事件のことは話したよな。井原昭二が犯した二十二年前の事件について、詳しい話を訊きたいんだ」

井原昭二。それが立てこもり事件の犯人の名前だ。そしてさきほどのラーメン屋で働いていた女性の名前が井原秋絵。同じ名字であることを見過ごすことはできない。

「何か問題でも？」

父の短い質問に神崎はうなずいた。

「裏づけ捜査の一環だよ。井原昭二に娘はいなかったのかい？」

父の眉がわずかに吊り上がったのが見えた。父は手元で開いていた釣り雑誌を閉じながら言った。

「ああ、いた。事件発生当時、十歳かそこらの女の子だった。名前はたしか……」

父が何かを思い出そうと宙に目を彷徨《さまよ》わせたので、神崎は先回りをして言った。

「秋絵。季節の秋に絵画の絵」

「そうだ。秋絵だ。二十二年前の事件の際、秋絵も現場にいたんだ。あろうことか井原って野郎は実の娘を連れて犯行に及んだんだ」

それは初耳だった。つまり井原秋絵という娘は、立てこもり現場で黒木と顔を合わせていたということだ。やはり黒木の犯した不始末には、何か裏がある。神崎はそう実感した。

「娘の母親、つまり井原の女房だった女は娘を産んだ直後に病死している。あの井原って男はつくづく腐った男でな、娘の世話を別の女に押しつけて、自分は遊び呆けていたようだ。挙句の果てに薬を買う金欲しさに、娘を連れて強盗に入ったわけだ。外に出る際、娘を人質にするつもりだった。取り調べで井原はそう話していたようだな」

子連れ狼ならぬ子連れ強盗か。あまり聞いたことがない。父が犯罪を犯す様を間近で目撃する娘の心境とは、果たしていかなるものだろうか。

「事件の際、娘は怪我を負っている」父が視線を鋭くして言った。「現場にいた少年――つまりお前の同期の黒木君だな、彼の証言によると、逃走車輛に乗り込むために外に出たときに、父親に階段の上から突き落とされたようだ。代わって人質になったのが黒木君だった。井原を逮捕したあとに俺が駆けつけると、階段の下でぐったりしている娘の姿が発見された。すぐに救急車で搬送され、そのまま入院となった」

「彼女の怪我の程度は？」

神崎が訊くと、父は首を横に振って答えた。

「それほど酷い怪我ではなかったと記憶している。実はあの事件の直後、俺は別の事件にかかりきりになってしまってな、あとの顚末は知らんのだ」

「つまり彼女のその後についても知らないと？」

「ああ。でも父親が受刑囚となり、彼女は一人になった。児童養護施設に入所したんじゃないか」

そんな井原秋絵が働いていたラーメン屋の前で、黒木が前川という出版社の男に対して暴行を働き、前川が所持していたスマートフォンを破壊した。決して偶然ではないはずだ。黒木と井原秋絵の関係とはいかなるものなのだろう。そして前川という男は、何が目的で井原秋絵が働くラーメン屋に足を運んでいたのだろうか。

神崎は立ち上がり、バナナの皮をキッチンのゴミ箱に捨てた。

「帰るのか？」と訊いてきた父に対し、神崎はうなずいた。

「ああ。そういえば丸藤さんという人に会ったよ」

「丸藤？　おお、丸藤か。たしかあいつは今……」

「本庁の警務部にいる」

「丸藤は何か言っていたか？」

「いや、特に」

神崎は言葉を濁して、そのまま応接間から出た。丸藤から本庁への異動をほのめかされている。そう言ったら父はどんな顔をするだろうか、と神崎は思案した。しかし丸藤に認められるということは、それはすなわち黒木を売ることを意味している。

もう少しだ。もう少しで事件の全貌が見えてきそうな気がしていた。どちらを選ぶかは、すべてを解き明かしてからでいい。

神崎は玄関先で革靴をはいた。幼い頃、この玄関には父の革靴が置かれていたものだが、今ではウォーキングシューズが革靴の代わりに置かれていた。父が退職したことを改めて実感し、一抹の淋しさを感じながら神崎は実家をあとにした。

「ちょっと待ってください。弁護士を通してくれないと話をするつもりはありませんよ」

前川が戸惑ったように言った。東都出版の本社ビルは西新宿にあったので、千歳台からの帰りに前川から事情を訊くことにした。受付で面会を断られ、神崎は強行突破を図ることにした。エレベーターに乗り込み、五階にある〈週刊エブリウィーク〉の編集部に足を踏み入れた。入ってきた神崎を見て、前川が目を丸くして飛び出してきた。

「あなた、自分が何をしてるか、わかっているんですか？　これは立派な不法侵入ですよ。池袋署というのはそんなに無礼な刑事が集まっているんですか」

「お時間はとらせません。前川さん、あなたは事件の前に近くのラーメン屋に立ち寄っていますよね。何の目的でラーメン屋に足を運んだんでしょうか？」

「決まってるじゃないですか。ラーメンを食べるためです」

週刊誌の編集部らしく、雑誌や書籍がそこら中に山積みになっている。数人の記者が今も自分の席でパソコンに向かっていた。

「四日連続であなたはあのラーメン屋に足を運んでいますよね。店内でのあなたは挙動不審だった。店員の方がそう証言しています」

「ちょっとあなた、声が大きいですよ」

周囲の目を気にするように、前川があごをしゃくった。資料室というパーテーションで区切られたスペースに案内される。中は辞書や事典で埋め尽くされていた。

「人聞きの悪いこと言わないでくださいよ。私はただラーメンを食べにいっただけですって」

「それはどうでしょうね」神崎は目を細めて前川を見た。「店内であなたは周囲の目を気にしながら、スマホを手放さなかったようですね。あなたは店内で盗撮行為をしていたのではないですか？　女性店員の姿を撮るために」

「言いがかりもいいところだ。くだらない」

前川は吐き捨てるように言ったが、その目が忙しなく動いていた。少なからず動揺しているようだ。

「井原秋絵。それが女性店員の名前です。彼女の父親は井原昭二。先月、池袋のクリニックで発生した立てこもり事件の犯人です」

前川は何も言わず、視線を落としていた。神崎は構わず続けた。

「立てこもり事件の犯人には娘がいた。しかも娘は健気にラーメン屋で汗を流して働いている。週刊誌の編集者であるあなたならば、たったそれだけの事実で、記事の一つや二つは書けるのではないですか。それこそ読者の好奇心を煽るような記事がね」

「ノーコメントだ。ネタを刑事に明かすわけにはいかない」

前川の額にはうっすらと汗がにじんでいた。図星だな、と神崎は感じた。おそらく前川は記事を書くために井原秋絵をマークしていた。そして店内で彼女の姿を盗撮し、その直後に店を出たところで黒木に絡まれたのだ。

「よく井原秋絵の所在を摑みましたね。ネタ元はどこですか？」

「知らないって言ってるだろうが」

苛立ったように前川が言う。神崎はしつこく食い下がった。

「ちゃんと考えた方がいいですよ、前川さん」神崎は幼子に言い聞かせるような口調で言った。「あなた、井原秋絵を盗撮しましたね。現在、あなたのスマートフォンは証拠物件として池袋署に押収されています。そこに残ったメモリーを解析すれば、井原秋絵の画像も出てくるはずだ。天下の東都出版の社員が盗撮とは、世間も黙っていないでしょうね」

神崎はそこまで話したところで前川の様子を観察した。鼻の頭に玉の汗が浮かんでいる。たっぷり三十秒ほど待っていると、ようやく前川が音を上げた。

「あ、あなたの言う通りです。私はあの女のことを記事にするため、彼女に張りついていたんだ」

「彼女の情報はどこから？」

「タレコミですよ。井原昭二の友人だったという男が、遊ぶ金が欲しくて情報提供を申し入れてきました。町のチンピラって感じの男だった。どういう手を使ったかは知りませんが、男は彼女の名前と住所まで知っていました。私はその情報を買ったんです」

井原昭二の友人ということは、おそらくまともな職に就いている男ではないだろう。井原昭二は麻薬の常習者だった。その関係の知人という可能性もある。

「井原秋絵の住所を教えてください」

ラーメン屋の従業員から携帯番号を教えてもらっていたが、何度電話をしても繋がらなかった。ラーメン屋の本部に問い合わせたところ、担当者不在という理由で回答は保留にされた。前川は渋々といった表情で懐から財布を出し、一枚の紙片をこちらに寄越してきた。

「あの刑事に暴行を受けたことは、疑いようのない事実だ。それに関しては弁護士を通じて抗議させてもらう。泣き寝入りはしないからな」

「お好きにどうぞ」

「井原秋絵って女、私も何度か取材を申し入れたが、うんともすんとも言わない無愛想な女だ。あなただってどうせ無駄足になるでしょうよ」

前川の忠告には耳を貸さず、神崎はそのまま編集部のフロアを出て、エレベーターに乗った。一階に到着して、エレベーターから出たところでポケットの中で携帯電話が震え始めた。着信は係長の末長からだった。ロビーを歩きながら携帯電話を耳に当てた。「はい、神崎ですが」

「神崎、大変なことになった。今、黒木が辞表を提出していきやがった」

井原秋絵の住まいは要町にある古びたアパートだった。二階の一番奥の部屋が、前川に渡された紙片にある井原秋絵の部屋であるはずだったが、インターホンを押しても反応がなかった。『井原』という表札が出ていたので、まだこの部屋に住んでいると考えて間違いないだろう。神崎はしばらくその場で彼女の帰りを待つことにした。

腕時計を確認すると、午後五時を過ぎたところだった。丸藤の指定した明日の午前九時のリミットまで、あと十六時間弱しかない。黒木の素行については昨日の夜、徹夜をして報告書を作成してある。その報告書をどうするか、神崎はいまだに決めかねていた。

彼女が姿を現す気配はないので、神崎は立ち去ろうと決めた。黒木に会い、もう一度その真意を確かめるのだ。末長からの電話によると、黒木は辞表を出してそのまま立ち去ってしまったらしい。辞表は末長のもとに留め置かれているようだ。

廊下を歩き始めたときだった。階段を上ってくる足音が聞こえ、向こう側から一人の女性が姿を現した。髪の長い女性だった。すれ違いざまに女性が会釈をしてきたので、神崎も小さく頭を下げる。化粧は薄いが、整った顔立ちをした女性だった。

「井原秋絵さんですか？」

そう神崎が問いかけても、女性が振り返ることはなかった。二階の一番奥の部屋の前で立ち止まり、女性は鍵をとり出した。腕にぶら下げているのはコンビニエンスストアの袋のようだ。

「井原さん、井原秋絵さんですよね？」

再び神崎が声をかけても、彼女は反応しなかった。こちらを見向きもしない。神崎の脳裏に浮かんだのは、ラーメン屋で見た砂時計だ。麺の茹で上がるタイミングを知らせるブザーがあるのにもかかわらず、あの場所に置いてあった古びた砂時計。まさか、彼女は――。

神崎は彼女のもとに駆け寄った。肩を叩くと、驚いたように彼女がこちらに目を向けた。神崎は懐から手帳をとり出し、空白のページにボールペンで素早く書き込んだ。――井原秋絵さんですね？

それを女性に見せると、彼女は不審そうな表情を浮かべて、こくりとうなずいた。続けて神崎は手帳に書き込んだ。――池袋警察署の神崎です。昨日、お店の前で起きた事件について、話を聞かせてください。

井原秋絵は小さくうなずいて、ドアを開けた。警察だと名乗っても顔色一つ変えないところからして、何かを予期していたようだ。神崎はそんなことを思いながら、彼女に続いて部屋の中に足を踏み入れる。

部屋の壁側に段ボールが並んでいて、家具らしきものは一切なかった。引っ越しの準備を進めている途中らしく、あとは段ボールを運び出すだけになっているようだ。カーテンもとり払われている。今夜中に引っ越しをするのかもしれない。

神崎は手帳にボールペンを走らせる。——昨日、あなたが働いていた店の前で暴行事件が起きたことは知っていますか？

すると秋絵が棚の上から大きめのメモ帳をとりだし、そこにマジックで記入した。

——はい、知っています。

やはり口で話すのは難しいようだ。神崎は筆談を続けた。

——被害者は前川という出版社の社員。加害者は黒木といい、私の同僚の刑事です。二人のことはご存知ですか？

——知りません。

彼女は短く記入した。その表情からして嘘をついているようには見えなかった。神崎は彼女の横顔を観察する。父親にはまったく似ていない。母親の血を濃く受け継いだのだろう。美人の部類に入る顔立ちだが、どこか陰があるような印象を受けた。神崎が連想したのは夕顔の花だった。路地裏でひっそりと咲く夕顔の花だ。

——黒木という男は、二十二年前、あなたと一緒に事件に巻き込まれた少年です。彼のことは憶えていますか？

——申し訳ありません。あの事件のことはほとんど憶えていません。

——失礼を承知で伺いますが、お耳の障害は二十二年前の事件の影響でしょうか？

——あの事件のことはもう忘れました。思い出したくもないんです。

「失礼しました」

思わず声に出して謝ってしまっていて、神崎は彼女に向かって大きく頭を下げた。彼女が口元で何かを飲むような仕草をしてから、キッチンの方に向かっていく。お茶を淹れようとしているようだ。「お構いな……」とまた神崎は口を開きかけ、彼女の背中を見つめて大きく息を吐いた。

黒木という名前を目にしても、彼女は特別な反応を示すことはなかった。彼女の方は何も知らないということか。ではあのラーメン屋に黒木が居合わせたのはなぜなのだ。あの男のことだ。偶然ではなく、何らかの意図があってあの場に居合わせたと考えるべきだ。

メールの受信音が聞こえた。音のした方向に目を向けると、すっかり片づいたフローリングの片隅に、コンセントにさした充電器に繋がっている携帯電話が見えた。彼女は着信音には気づかず、背を向けてキッチンに立っていた。たとえ通話はできなくても、メールのやりとりはできるのだろう。

神崎は携帯電話に近づいた。旧式の携帯電話で、メールの着信を知らせる緑色のランプが点滅している。畳まれた携帯電話の上部に小型のウィンドウがあり、そこを見ると受信時刻と送信者の名前が記されていた。

目を凝らして送信者の名前を見て、神崎は言葉を失った。馬鹿な——。

午後十一時を過ぎた。まだ井原秋絵のアパートに動きはなかった。カーテンのない窓ガラスから蛍光灯の明かりが洩れていた。要町の繁華街から少し離れているせいか、人通りはまばらだった。

夕方、井原秋絵のアパートを出た神崎は、いったん署に戻って覆面パトカーに乗って舞い戻ってきた。彼女のアパートを見張るためだ。神崎の直感が正しければ、今夜中にも彼女は引っ越していくはずだった。

黒木のことを考えた。黒木は毎晩のように池袋のキャバクラなどの盛り場に入り浸っていた。情報収集だと黒木は笑っていたが、実際に黒木が身銭を切って得た情報が、捜査の役に立ったことも一度や二度ではない。黒木が夜な夜な街に繰り出していたのは間違いないだろう。しかし、そうでない夜もあったのではないか。

神崎は思った。たとえばこうして——今、自分がここで彼女を見張っているように、黒木も彼女のことを見張っていたのではないだろうか。いや、見守るといった方がいいだろう。黒木は長い間、彼女を見守っていたのではないか。

神崎は確信めいたものを抱き始めていた。だから昨日も黒木があの場所にいたのだ。前川からスマートフォンを奪い、盗撮した彼女の画像を消すために、本体ごと破壊した。彼女をスキャンダルから守るために。

二十二年前、二人は事件に巻き込まれた。麻薬を買う金欲しさに、薬物依存の男が引き起こした事件だった。犯人に連れてこられた娘と、その場に居合わせて人質になった少年。それが井原秋絵と黒木の二人だ。一人は聴覚障害を抱えながら、今も事件の影に怯えて暮らしている。そしてもう一人は刑事になった。一見して軽薄そうに見える男ではあるが、奴だって事件を忘れたわけではあるまい。むしろ事件の影を引き摺っているのは、黒木の方なのかもしれない。

サイドミラーにヘッドライトの光が反射して、神崎は運転席で身を伏せた。追い越していった軽トラックが、井原秋絵のアパートの前で停車した。運転席から降りた人影が、アパートの外階段を駆け上がっていく。黒っぽい服を着た男の影だった。とても業者のようには見えない。男の影は井原秋絵の部屋の中に吸い込まれていき、しばらくして段ボールを抱えて外に出てきた。あとから出てきたのは女の影で、こちらは井原秋絵だろうと推測できた。

十五分ほど、二人は何度も部屋と軽トラックを行き来して、すべての段ボールを軽トラックの荷台に積み上げた。最後に井原秋絵の部屋の蛍光灯が消え、女の影が階段を駆け下りてきた。神崎は手にしていた双眼鏡を覗き込んだ。

女性がドアを開けた瞬間、車の室内灯が点いた。その明かりに照らし出された男の横顔は、間違いなく黒木のものだった。

「まったく朝っぱらから勘弁してくれよ。俺はもう辞表を出したんだ。俺のことは放っておいてくれ」

翌朝、神崎は中落合にある黒木の自宅を訪ねた。時刻は午前七時を過ぎていた。丸藤との約束の時間まであと二時間を切っていた。

「話があるんだ」

そう言って神崎は断りもなく部屋に上がり込んだ。窓から朝日が差し込んでいた。寝癖のついた髪をかきながら、黒木は冷蔵庫の中を覗き込んでいる。缶コーヒーをこちらに差し出しながら、黒木が言った。

「話って何だよ」

「昨日の夜、どこにいた？」

「決まってるだろ」黒木は缶コーヒーを一口飲んでから答えた。「お前も知っての通り、俺は謹慎中の身なんだ。部屋にいたに決まってるじゃねえか」

「一昨日、お前と前川がトラブルを起こした場所の近くに一軒のラーメン屋がある。そこで一人の女性が働いていた。井原秋絵という女性だ。先月逮捕された井原昭二の一人娘だ」

黒木は何も言わなかった。目を細めて煙草の煙を吐き出している。神崎は続けて言った。

「二十二年前、お前と一緒に上野で立てこもり事件に巻き込まれた女性だ。彼女は父親の手によって、立てこもり現場に連れて来られていた。そこで父親に階段から突き落とされ、入院するほどの怪我を負った。忘れたとは言わせないぞ、黒木」

「へえ、そんな偶然もあるもんだな」

「偶然だと?」

「ああ。偶然だ」

平然とした顔をして黒木は言った。神崎は内心溜め息をつく。まったく食えない男だ。偶然で押し通せると思っているのか。そもそもこの男は自分が置かれた状況をわかっていない。黒木が辞表を出すだけで片づく問題ではないのだ。一歩間違えば、警視庁の信頼を揺るがす問題に発展する可能性だってある。だからこそ、真相を解き明かさなければならない。

「昨夜遅く、井原秋絵は引っ越していった。おそらくマスコミに所在がバレたことを受け、即座に行方をくらませたんだ。彼女の引っ越しを手伝った男がいる。それを手助けしたのは、神崎という男性だろうと俺は踏んでいる」

昨日、井原秋絵の自宅を訪ねたとき、彼女の携帯電話にメールの着信があった。そのメールの送信者は『神崎隆一』になっていて、神崎は面喰らった。当然、神崎自身にはメールを送った覚えはない。考えられるとすれば、何者かが神崎の名を騙《かた》って彼女に接近しているということだった。

「ちっ、お前だったのかよ、あの車」黒木は悪びれる様子もなく、笑顔を見せて言う。「怪しいと思ったんだよ。まさかお前だったとはな」

尾行はしなかった。井原秋絵と黒木が繋がっていることがわかっただけで収穫だった。双眼鏡を覗いて観察していると、車に乗り込んできた秋絵に対し、黒木は手を使って何かを伝え、それを見て秋絵が笑みを浮かべていた。手話だった。黒木は手話を使うことができるのだ。

「許してくれ、神崎。お前の名前を使ったことは謝る。咄嗟に出てきたのがお前の名前だったんだ」

「違う。俺はそんなことを追及したいわけじゃない。お前と彼女の関係だ。偶然なんかじゃないはずだ。お前は長い間、井原秋絵を遠くから見守り続けていた。違うか、黒木」

黒木は何も言わず、黙って煙草を灰皿の上でもみ消した。神崎はさらに続けて言った。

「教えてくれ、黒木。お前と彼女はいつからの付き合いなんだ？　いったい二人の間には何があったんだよ」

黒木が大きく息を吸い、そして吐いた。それから黒木が言った。

「このことは墓場に行くまで誰にも言うつもりはなかったんだけどな」

神崎は何も言わず、黙って黒木の目を見つめた。黒木が観念したように両手を上げた。

「仕方ねえ。お前にだけは話してやる」黒木が真剣な顔つきで語り出した。「一日たりともだ。一日たりとも彼女のことを忘れた日はなかった」

「あの日、俺の目の前で、彼女は実の父親に突き落とされた。彼女は俺を逃がすため、井原に摑みかかったんだ。俺は何もできずにそれを見ているだけだった。怒り狂った父親は、彼女を階段の上から突き落とした。俺は手を伸ばしたが、届かなかった。指先が触れただけで、彼女は真っ逆さまに階段から落ちていった。俺は救急車で運ばれていく彼女を見送ることしかできなかったよ。ああなっちまった原因は俺にある。会って一言だけでも謝りたい。そう思っても、その日以来、彼女と顔を合わせることはなかった。

俺が警察官を志した理由は二つある。俺の目の前で井原昭二を逮捕した刑事──そう、お前の親父さんのことだよ、親父さんのことが頭から離れなかったからだ。俺を救ってくれた彼に恩を返したい。そのためには警察官になるのが一番だと思ったんだ。そして二つ目の理由は彼女だ。二度と彼女を傷つけさせない。そのためにはどうすればいいか。法の番人になるのが手っとり早いと思ったんだよ。だから俺は刑事を目指したんだ。

高校生になった俺は、バイトを始めた。バイトで貯めた金を最初に何に使ったと思う？　興信所だよ。俺はバイトで貯めた三十万円を持って、興信所に出向いた。そして彼女の行方を捜してほしいと依頼した。数ヵ月後、俺のもとに調査結果が届いた。幸いなことに彼女は都内にいたよ。彼女は江東区にある児童養護施設に入所していたんだ。俺は早速彼女が入所している施設に向かい、そこで彼女の姿を発見した。彼女は施設内のベンチに座って、一人で本を読んでいたよ。

話しかけたかって？　そんなことできるわけないだろ。俺は遠くから彼女を見ていることしかできなかった。施設の職員がな、彼女に対して手話で話しているのを見て、俺は愕然とした。彼女が聴覚を失っていることを知ったからだ。あの事件のせいに違いない。俺はそう思ったよ。

それから長い年月が過ぎた。俺は警察官になり、彼女は高校卒業を機に施設を出て、すでに働いていた。だが聴覚に障害を抱えている彼女が一人で社会を生きていくのは大変なことだった。聴覚を失った理由？　あとから聞いた話によると、あの事件の直後に突然耳が聞こえなくなったらしい。突発性の難聴で、原因は不明だったようだ。心因性のものかもしれないし、階段から落ちたときに頭を打ったことが原因かもしれない。

たとえばな、予定より仕事が早く終わった夜とかあるだろ。そんな夜、俺は遠回りをして彼女のアパートに向かって車を走らせた。彼女の部屋の電気が点いているのを見るだけで、俺は満足だった。彼女が元気でいることを確認できればよかったんだ。だがな、今から三年前のことだ。転機が訪れたんだ。

ある日の夜だった。俺は仕事帰りに車で彼女のアパートに向かったが、彼女はまだ帰宅していなかった。車の中で待っていると、しばらくして彼女が現れた。その五メートルほど後ろに、一人の男がぴったりと彼女を尾行するように歩いていたんだ。

俺は息を殺して観察した。するとな、彼女の後ろを歩いていた男がいきなり走り出して、彼女のバッグを奪いとったんだ。ひったくりの現行犯ってやつだ。俺は思わず運転席から飛び出し、男を追っていた。俺が意外に足が速いことはお前だって知ってるだろ。すぐに追いつき、逃げていく男の腰に強烈なタックルを見舞った。俺はその場で男の両手に手錠をかけた。現行犯逮捕だ。

そのときだ。背後で足音が聞こえた。振り向くと、彼女が俺の方に向かって走ってくるのが見えた。そして彼女は安堵と恐怖が入り混じったような顔をして、何度も頭を下げてきたんだ。助けてくれてありがとうってな。さて困ったことになった。俺は仕方ないから警察手帳を見せ、自分が刑事であることを告げた。神崎という偽名を名乗り、ひったくり犯を捕まえる捜査中だったと嘘をついたのさ。その日からだ。俺と彼女の関係が始まった。彼女はほとんど喋れなかったし、俺が手話を覚えるしかなかったんだ。手話の勉強は面倒だったけどな。

勘違いするなよ、神崎。俺は神に誓って彼女に手を出していない。たまに会ってお茶を飲んだり、相談に乗ってあげたりするだけの関係だ。だって彼女の前では俺は神崎なんだからな。人畜無害、ジェントルマンの神崎なんだ」

「そして一昨日、事件が起きたんだな」

神崎が口を挟むと、黒木が唇の端で笑って言った。

「ああ。彼女は一年前から池袋にある福祉系の専門学校に通っているんだ。介護福祉士になりたいと考えているらしい。ここ最近、店に奇妙な客が訪れて不気味だ。彼女から相談を受けた俺は、店の前で男を待ち構えていた。現れた男と一緒に店内に入り、ラーメンを食べながら、奴のことを観察した。奴が彼女の写真を撮った瞬間を俺は見逃さなかった。俺は店を出た奴を追いかけて、スマホを奪って叩き壊した。奴が喚くのを聞いて、マスコミだなと察しがついた。気がつくと手が出ていた」

黒木の行動が軽率なものであったことは否めない。しかし神崎は黒木のとった行動には理由があるような気がした。おそらく井原秋絵は、これまでにも数々の誹謗中傷を受けながら生きてきたのだろう。どうして彼女を放っておいてくれないのだ。黒木が思わず前川に拳を振り上げたのは、そんなやり場のない怒りからだ。

「以上で俺の話は終わりだ。でも二度と彼女に会うつもりはない。昨夜が最後だ」

「なぜだ？」

「先月、彼女の親父が逮捕された。もうあの男がシャバに出てくることはないだろう。もう彼女を傷つける存在はなくなったんだ。だから俺が刑事であり続ける理由もなくなった」

「それがどうしたっていうんだ。お前が刑事を辞めることはないだろ。全然話が見えない」

「違うんだよ、神崎」黒木が淋しそうな表情で首を振った。「俺は二つの望みを叶えちまったのさ。昨夜、彼女は遠くに逃げた。もうこれで彼女の身は安全だ。そしてお前だ、神崎。俺を踏み台にしてお前が本庁に行けば、お前の親父さんへの恩返しもできる。一石二鳥ってやつだ。これ以上、刑事を続ける理由は見当たらないし、その気力もない」

　黒木はそう言って、飲み干した缶コーヒーの缶をテーブルの上に置いた。たしかにここ最近の黒木は無気力だった。今もそうだ。かつての気迫を黒木から感じることはできなかった。刑事を辞める決意は固いのかもしれない。しかし――。

「辞めるなら勝手に辞めればいい。だがな、黒木。お前は一つだけ、大きな勘違いをしている」

　神崎がそう言うと、黒木が顔を上げて首を傾げた。

「勘違いだと？」

「ああ。彼女はお前の正体を知っている。お前が黒木であることを、お前があのときの少年であることを、彼女は知っているんだよ」

　黒木は神崎という偽名を使って井原秋絵に接近した。しかし昨日、神崎が手帳にペンを走らせて自己紹介したとき、彼女は何一つ顔色を変えなかったのだ。もし黒木のことを神崎という名前であると信じ込んでいるのであれば、同じ名前の刑事の出現に戸惑ったはずだ。しかし彼女は違った。

「馬鹿な。それはない。彼女は俺のことなんて……」

　黒木がつぶやくように言ったが、神崎は否定した。

「いや、俺の推理に間違いはないはずだ。考えてみろよ、黒木。二十二年前、立てこもり事件という極限状況で出会った二人なんだ。一方が憶えていて、もう一方が忘れているなんてことは絶対にない。彼女はお前に騙されている振りを続けているだけなんだ」

黒木は何も言わなかった。テーブルの一点を見つめ、何か思い悩んでいる様子だった。神崎は静かに言った。

「それにしても長いな、二十二年という年月は。二十二年間、一人の女性を想い続ける。これほど深い愛を、俺は知らない」

その大半が、遠くから見守っているだけの年月だった。フェンス越しに施設の中を覗いている黒木の姿。周囲が寝静まった夜、彼女のアパートを見上げている黒木の姿。積み重ねてきた時間の重みに、神崎は自分の心が大きく震えているのを感じていた。

「違う、神崎。それはない。俺は……」

「違わない。誰がどう見ても、これは愛だ。二度と彼女に会うつもりはないだと？彼女は今でもお前のことを待っているはずだ」

黒木は何も言わなかった。その場に黒木を残し、神崎は玄関に向かって歩き始めた。ドアを開けながら、振り返らずに神崎は言った。

「彼女の人生には、この先まだまだ困難が待ち受けているかもしれない。前川みたいな輩が現れることだってあるだろう。そのときに誰が彼女を守るというんだ。刑事であるお前以外にいないだろうが」

部屋を出て、後ろ手でドアを閉める。神崎は大きく息を吐いて腕時計を見る。約束の午前九時まであと一時間を切っていた。


「以上です。黒木が前川に暴行を働いた原因は、今申し上げた通りです」

報告を聞いていた丸藤が言った。

「そうか。難しいところだな」

「ええ。黒木が犯した過ちは許されるものではありませんが、店側の許可も得ずに盗撮行為をおこなった前川にも非はあります。盗撮された井原秋絵が被害届を出せば、彼の罪も追及しなければなりません」

ついさきほど前川と電話で話をした。井原秋絵が盗撮の被害届を出さないことを条件に、黒木に関する被害届を取り下げるというのだった。しかし黒木が一般人を殴ったことは事実であり、黒木にはそれ相応の処分が下るのは避けられないことだろう。

丸藤がファイルに目を通しながら言った。神崎が作成した黒木に関する報告書だ。包み隠さず、黒木の行状を書いてある。

「それにしても黒木という男は、かなり素行に問題のある男らしいな。型破りといってもいいかもしれん」

「仰る通りです」神崎はうなずいて同意した。「黒木巡査長の勤務態度には目に余るものがあります。自分は何度も彼に振り回されてきました。同期の私が証言しているので、間違いのない事実です。ただ……」

「ただ？」

丸藤がファイルから顔を上げた。その目を正面から見つめて神崎は言う。

「ただ、彼ほど優れた刑事を私はほかに知りません。彼を失うことは、池袋署の損失だと私は考えます」

「了解した」丸藤はうなずき、ファイルを机の上に置いた。「被害者にも非があったことが判明したことで、うまく話を収めることができるかもしれん。ただし黒木巡査長には何らかの処分が下ることになるだろう」

「はい、わかりました」

「ところで神崎巡査長。今回の件ではうまく立ち回ったな」

神崎は何も言わず、丸藤の顔を見つめた。丸藤が笑みを浮かべて言う。

「自分の出世か、それとも同期の破滅か。君はそのどちらも選ばずに、同期を救って、出世への望みもかろうじて残した」

褒められるようなことをしたつもりはなかった。ただ真実を追求しただけの結果だった。神崎は敬礼をして、会議室から出た。エレベーターの前で一人の男が待っていた。黒木だった。いつものようにシックなグレーのスーツを着崩している。深紅のネクタイはとても刑事には見えない。

「俺の処分は決まったか？」

黒木が訊いてきたので、神崎は素っ気なく答えた。

「まだだ。だが減給くらいは覚悟しておけ」

到着したエレベーターに乗り込んだ。一階に到着し、二人で並んで署から出る。立《りっ》哨《しょう》の制服警官に見送られながら、神崎は池袋の街並みを見やった。いつもと同じ池袋だった。

不意に隣を歩いていた黒木の気配が消えた。振り返ると、黒木が立ち止まっている。黒木は口元に笑みを浮かべたまま、掌を下に向けた左手の甲を、右手の手刀で叩くような仕草を見せた。

「何だ、それ」

「知らないならいい。ほら、捜査だ、捜査」

そう言って黒木が歩き出す。その手話だけは知っていた。昔観たドラマの主人公が、何度もその動作をしていたので記憶に残っていた。

ありがとう。それが黒木の伝えてきたメッセージだった。まったく気障《きざ》な男だ。神崎は小さく笑い、黒木の背中を追って駆け出した。

本書は二〇一四年一〇月、弊社より単行本として刊行されました。

|著者|横関 大　1975年静岡県生まれ。武蔵大学人文学部卒業。2010年『再会』で第56回江戸川乱歩賞を受賞しデビュー。他の作品に『グッバイ・ヒーロー』『チェインギャングは忘れない』『沈黙のエール』『ルパンの娘』『ルパンの帰還』『ホームズの娘』『スマイルメイカー』（いずれも講談社文庫）、『炎上チャンピオン』『ピエロがいる街』『仮面の君に告ぐ』などがある。

K2《ケイツー》 池袋署刑事課《いけぶくろしょけいじか》 神崎《かんざき》・黒木《くろき》

横関《よこぜき》 大《だい》

2019年3月15日第1刷発行
2020年8月21日第3刷発行

発行者――渡瀬昌彦
発行所――株式会社 講談社
東京都文京区音羽2-12-21　〒112-8001
電話 出版 (03) 5395-3510
　　 販売 (03) 5395-5817
　　 業務 (03) 5395-3615

Printed in Japan

講談社文庫
定価はカバーに
表示してあります

デザイン―菊地信義
本文データ制作―講談社デジタル製作
印刷―――凸版印刷株式会社
製本―――株式会社国宝社

ISBN978-4-06-513089-6

講談社文庫刊行の辞

二十一世紀の到来を目睫に望みながら、われわれはいま、人類史上かつて例を見ない巨大な転換期をむかえようとしている。

世界も、日本も、激動の予兆に対する期待とおののきを内に蔵して、未知の時代に歩み入ろうとしている。このときにあたり、創業の人野間清治の「ナショナル・エデュケイター」への志を現代に甦らせようと意図して、われわれはここに古今の文芸作品はいうまでもなく、ひろく人文・社会・自然の諸科学から東西の名著を網羅する、新しい綜合文庫の発刊を決意した。

激動の転換期はまた断絶の時代である。われわれは戦後二十五年間の出版文化のありかたへの深い反省をこめて、この断絶の時代にあえて人間的な持続を求めようとする。いたずらに浮薄な商業主義のあだ花を追い求めることなく、長期にわたって良書に生命をあたえようとつとめるところにしか、今後の出版文化の真の繁栄はあり得ないと信じるからである。

同時にわれわれはこの綜合文庫の刊行を通じて、人文・社会・自然の諸科学が、結局人間の学にほかならないことを立証しようと願っている。かつて知識とは、「汝自身を知る」ことにつきていた。現代社会の瑣末な情報の氾濫のなかから、力強い知識の源泉を掘り起し、技術文明のただなかに、生きた人間の姿を復活させること。それこそわれわれの切なる希求である。

われわれは権威に盲従せず、俗流に媚びることなく、渾然一体となって日本の「草の根」をかたちづくる若く新しい世代の人々に、心をこめてこの新しい綜合文庫をおくり届けたい。それは知識の泉であるとともに感受性のふるさとであり、もっとも有機的に組織され、社会に開かれた万人のための大学をめざしている。大方の支援と協力を衷心より切望してやまない。

一九七一年七月

野間省一